I0722898

卞尺丹几乙し丹卞と
Translated Language Learning

Alice's Adventures in Wonderland

Liisan Seikkailut Ihmemaassa

Lewis Carroll

English / Suomi

Copyright © 2024 Tranzlaty
All rights reserved
Published by Tranzlaty
ISBN: 978-1-83566-715-6
Original text: Alice's Adventures in Wonderland
by Lewis Carroll (1865)
Abridged by Sam'l Gabriel Sons (1916)
www.tranzlaty.com

Down the Rabbit Hole
Kanin reikään

Alice was beginning to get very tired
Liisa alkoi olla hyvin väsynyt
she was sitting by her sister on the grass bank
Hän istui sisarensa vieressä nurmikolla
but she had nothing to do
Mutta hänellä ei ollut mitään tekemistä
her sister was reading a book
Hänen sisarensa luki kirjaa
once or twice Alice peeped into the book
kerran tai kaksi Liisa kurkisti kirjaan
but the book had no pictures or conversations in it
Mutta kirjassa ei ollut kuvia tai keskusteluja
"what use is a book without pictures?," thought Alice
"Mitä hyötyä on kirjasta ilman kuvia?", ajatteli Liisa
"why would a book have no conversations?"
"Miksi kirjassa ei olisi keskusteluja?"
but she had other things to consider

Mutta hänellä oli muita asioita harkittavana
"making a chain of daisies would be a pleasure"
"Päivänkakkaraketjun tekeminen olisi ilo"
"but is it worth the effort of getting up and picking the daisies??"
"Mutta onko vaivan arvoista nousta ylös ja poimia koiranputkea??"
this was not so easy to think about
Tätä ei ollut niin helppo ajatella
because the day was making her feel sleepy and stupid
Koska päivä sai hänet tuntemaan olonsa uneliaaksi ja tyhmäksi
but suddenly her thoughts were interrupted
Mutta yhtäkkiä hänen ajatuksensa keskeytyivät
a White Rabbit with pink eyes ran close by her
valkoinen kani, jolla oli vaaleanpunaiset silmät, juoksi hänen lähellään

There was nothing overly remarkable about the rabbit
Kanissa ei ollut mitään liian merkittävää
and Alice did not think the rabbit remarkable either
eikä Liisa pitänyt kaniakaan merkittävänä
nor did it surprise her when the Rabbit spoke
eikä häntä yllättänyt, kun Kani puhui
"Oh dear! I shall be too late!" he said to himself
"Voi rakas! Minä myöhästyn liian myöhään!" sanoi hän itsekseen
but then the Rabbit did something that rabbits didn't do
mutta sitten kani teki jotain, mitä kanit eivät tehneet
the Rabbit took a watch out of its waistcoat-pocket
Kani otti kellon liivitaskustaan
he looked at the time and then hurried on
Hän katsoi aikaa ja kiiruhti sitten eteenpäin
Alice got to her feet, in amazement
Liisa nousi hämmästyneenä jaloilleen
she had never seen a rabbit with a waistcoat before!
Hän ei ollut koskaan ennen nähnyt kania, jolla oli liivi!
nor had she ever seen a rabbit with a watch!
eikä hän ollut koskaan nähnyt kania kellon kanssa!
Alice was burning with a new curiosity
Liisa paloi uudesta uteliaisuudesta
and she ran across the field after the Rabbit
ja hän juoksi pellon poikki Kanin perässä
she was just in time to see the rabbit disappear
Hän oli juuri ajoissa nähdäkseen kanin katoavan
the rabbit hopped down into a large rabbit-hole
Kani hyppäsi alas suureen kaninkoloon
In another moment, down went Alice after the rabbit!
Toisessa hetkessä alas meni Liisa jäniksen perään!
The rabbit-hole went straight on like a tunnel
Kaninkolo meni suoraan eteenpäin kuin tunneli
and the tunnel kept going for some distance
ja tunneli jatkui jonkin matkaa
and then the path suddenly dipped down

ja sitten polku yhtäkkiä putosi alas
Alice had not a moment to think about stopping herself
Liisalla ei ollut hetkeäkään aikaa ajatella itsensä pysäyttämistä
she found herself falling down and down and down
Hän huomasi kaatuvansa alas ja alas ja alas
it seemed as if she had fallen down a very deep well
Näytti siltä kuin hän olisi pudonnut hyvin syvään kaivoon
Either the well was very deep, or she fell very slowly
Joko kaivo oli hyvin syvä tai hän putosi hyvin hitaasti
because she had plenty of time to fall
koska hänellä oli runsaasti aikaa pudota
as she was falling she could look all around her
Kun hän kaatui, hän pystyi katsomaan ympärilleen
First, she tried to make out where she was going
Ensin hän yritti selvittää, minne hän oli menossa
but the well was too dark to see anything
mutta kaivo oli liian pimeä nähdäkseen mitään
then she looked at the sides of the well
Sitten hän katsoi kaivon reunoja
and she noticed that there were cupboards all around her
Ja hän huomasi, että hänen ympärillään oli kaappeja
and all around the well were book-shelves
ja kaikkialla kaivon ympärillä oli kirjahyllyjä
here and there she saw maps and pictures hung upon pegs
Siellä täällä hän näki karttoja ja kuvia, jotka oli ripustettu
tappeihin
She took down a jar from one of the shelves as she passed
Hän otti purkin yhdeltä hyllyltä kulkiessaan ohi
the jar was labelled for its content
Purkki oli merkitty sen sisällön vuoksi
"MARMALADE MADE FROM ORANGES"
"APPELSIINEISTA VALMISTETTU MARMELADI"
**but, to her great disappointment, the marmalade jar was
empty**
Mutta hänen suureksi pettymykseen marmeladipurkki oli
tyhjä
she did not want to drop the empty marmalade jar

Hän ei halunnut pudottaa tyhjää marmeladipurkkia
and her fall was very slow
ja hänen putoamisensa oli hyvin hidasta
**so she managed to put the marmalade jar into one of the
cupboards**
Joten hän onnistui laittamaan marmeladipurkin yhteen
kaapeista
Down, down, down she fall!
Alas, alas, alas hän putoaa!
Would the fall ever come to an end?
Loppuisiko lankeemus koskaan?
There was nothing else to do
Ei ollut muuta tekemistä
so Alice soon began talking to herself
niin Liisa alkoi pian puhua itsekseen
"Dinah will miss me very much tonight, I should think!"
"Dinah kaipaa minua kovasti tänä iltana, luulisin!"
Dinah was Alice's cat
Dinah oli Liisan kissa
"I hope they'll remember her saucer of milk at tea-time"
"Toivon, että he muistavat hänen maitolautasensa teeaikaan"
"Dinah, my dear, I wish you were down here with me!"
"Dinah, rakas, toivon, että olisit täällä kanssani!"
Alice felt that she was dozing off
Liisa tunsi torkahtavansa
and then suddenly, thump! thump!
Ja sitten yhtäkkiä, tönäisy! jyskyttää!
down she fell upon a heap of sticks
alas hän putosi keppikasaan
and she landed on a pile of dry leaves
ja hän laskeutui kasaan kuivia lehtiä
and finally the long fall down the hole was over
ja lopulta pitkä pudotus kuoppaan oli ohi
Alice was not a bit hurt
Liisa ei ollut vähääkään loukkaantunut
and she jumped up within a moment
ja hän hyppäsi ylös hetkessä

She looked up, but it was all dark overhead
Hän katsahti ylös, mutta yläpuolella oli pimeää
in front of her was another long corridor
Hänen edessään oli toinen pitkä käytävä
and the White Rabbit was still in sight
ja valkoinen kani oli vielä näkyvissä
he was hurrying down the corridor
Hän kiiruhti käytävää pitkin
There was not a moment to be lost
Ei ollut hetkeäkään hukattavana
off ran Alice like the wind
pois juoksi Liisa kuin tuuli
around the corner turned the rabbit
kulman takana kääntyi kani
she was just in time to hear the rabbit
Hän oli juuri ajoissa kuulemassa kania
""Oh, my ears and whiskers"
"Voi, korvani ja viikseni"
"how late it's getting!"
"Kuinka myöhään se tulee!"
She was close behind the rabbit
Hän oli lähellä kanin takana
she turned around another corner
Hän kääntyi toisen kulman taakse
but the Rabbit was no longer to be seen
mutta Kania ei enää näkynyt
She found herself in a long, low hall
Hän löysi itsensä pitkästä, matalasta salista
the hall was lit up by a row of ceiling lamps
Salia valaisi rivi kattovalaisimia
There were doors all around the hall
Ovia oli ympäri salia
but all the doors were locked
Mutta kaikki ovet olivat lukossa
she walked all the way down one side of the hall
Hän käveli koko matkan salin toista puolta pitkin
and she had walked all the way up the other side of the hall

ja hän oli kävellyt koko matkan salin toiselle puolelle
she had tried every door
Hän oli kokeillut jokaista ovea
and she walked sadly down the middle of the hall
ja hän käveli surullisena keskellä salia
"how am I ever going to get out again?"
"Kuinka pääsen enää koskaan ulos?"

Suddenly she came upon a little table
Yhtäkkiä hän tuli pienelle pöydälle

the table was made entirely of solid glass
Pöytä oli valmistettu kokonaan kiinteästä lasista
There was nothing on the table but a tiny golden key
Pöydällä ei ollut muuta kuin pieni kultainen avain
the key might belong to one of the doors!
Avain saattaa kuulua johonkin ovista!
but, alas! some of the locks were too large for the keys
Mutta valitettavasti! Osa lukoista oli liian suuria avaimille
and for the other locks the key was too small
ja muille lukoille avain oli liian pieni
but, at any rate, the key opened none of the doors.
Mutta joka tapauksessa avain ei avannut mitään ovista
but what was she to do?
Mutta mitä hänen piti tehdä?
she went through the hall again
Hän meni salin läpi uudelleen
and this time she noticed a low curtain
Ja tällä kertaa hän huomasi matalan verhon
behind the curtain was a little door
Verhon takana oli pieni ovi
the door was about fifteen inches high
ovi oli noin viisitoista tuumaa korkea
She tried the little golden key in the lock
Hän kokeili pientä kultaista avainta lukossa
and to her great delight, the key fit in the lock!
Ja hänen suureksi ilokseen avain mahtui lukkoon!
Alice opened the door
Liisa avasi oven
and she found the door led into a small corridor
ja hän huomasi, että ovi johti pieneen käytävään
the corridor was not much larger than a rat-hole
Käytävä ei ollut paljon suurempi kuin rotanreikä
she knelt down and looked along the corridor
Hän polvistui ja katsoi käytävää pitkin
and she saw the loveliest garden you have ever seen
ja hän näki ihanimman puutarhan, jonka olet koskaan nähnyt
how she longed to get out of that dark hall

kuinka hän kaipasi päästä pois tuosta pimeästä salista
how she wanted to wander among those bright flowers
Kuinka hän halusi vaeltaa noiden kirkkaiden kukkien keskellä
how cool refreshing those fountains looked
Kuinka siistiltä, virkistävältä nuo suihkulähteet näyttivät;
but she could not even get her head through the doorway
Mutta hän ei saanut edes päätään oviaukosta
"Oh," said Alice, mournfully
"Voi", Liisa sanoi murheellisena
"how I wish I could fold up like a telescope!"
"Kuinka toivonkaan, että voisin taittaa kokoon kuin
kaukoputki!"
"I think I could fold up like a telescope"
"Luulen, että voisin taittaa kokoon kuin kaukoputki"
"if I only knew how to begin"
"jos vain tietäisin, miten aloittaa"
Alice went back to the table
Liisa meni takaisin pöytään
there was the chance of finding another key
Oli mahdollisuus löytää toinen avain
or there might be a book of rules
Tai siellä voi olla sääntökirja
the book could tell her how to fold up like a telescope
Kirja voisi kertoa hänelle, kuinka taittaa kokoon kuin
kaukoputki
This time she found a little bottle
Tällä kertaa hän löysi pienen pullon
"this bottle certainly was not here before," said Alice
"Tämä pullo ei todellakaan ollut täällä ennen", sanoi Liisa
and tied around the neck of the bottle was a paper label
ja pullon kaulan ympärille oli sidottu paperinen etiketti
the label was beautifully printed in large letters
Etiketti oli painettu kauniisti suurilla kirjaimilla
"DRINK ME"
"JUO MINUT"
"No, I'll look first," she said
"Ei, katson ensin", hän sanoi

"I'll see whether the bottle is marked as poisonous or not,"
"Katsotaan, onko pullo merkitty myrkylliseksi vai ei."
because she never forgot the lesson about poison
Koska hän ei koskaan unohtanut myrkkyä koskevaa opetusta
"if a bottle is labelled poisonous, it's bound to disagree with you"
"Jos pullo on merkitty myrkylliseksi, se on varmasti eri mieltä kanssasi"
However, this bottle was not marked as poisonous
Tätä pulloa ei kuitenkaan merkitty myrkylliseksi
so Alice ventured to taste the content of the bottle
niin Liisa uskaltautui maistamaan pullon sisältöä
she found the liquid quite to her liking
Hän löysi nesteen aivan mieleisekseen
the drink had a sort of mixed flavour
Juomassa oli eräänlainen sekamaku
cherry-tart, custard, and pineapple
Kirsikankirttu, vaniljakastike ja ananas
roast turkey, toffee, and toast with hot butter
Paahdettua kalkkunaa, toffeea ja paahtoleipää kuumalla voilla
and she soon finished off the bottle
ja pian hän lopetti pullon
"What a curious feeling!" said Alice
"Mikä kummallinen tunne!" sanoi Liisa
"I am folding up like a telescope!"
"Taitan kokoon kuin kaukoputki!"
And she was folding up like a telescope indeed!
Ja hän taittui ylös kuin kaukoputki!
She was now only ten inches high
Hän oli nyt vain kymmenen tuumaa korkea
and her face brightened up at her thoughts
ja hänen kasvonsa kirkastuivat hänen ajatuksistaan
now she was the the right size for the little door
Nyt hän oli oikean kokoinen pieneen oveen
now she could go into that lovely garden
Nyt hän voisi mennä tuohon ihanaan puutarhaan
soon she stopped getting smaller

Pian hän lakkasi pienenemästä
she decided on going into the garden at once
Hän päätti mennä heti puutarhaan
but, alas for poor Alice!
mutta valitettavasti Liisa parka!
she got to the door
Hän pääsi ovelle
but she had forgotten the little golden key
Mutta hän oli unohtanut pienen kultaisen avaimen
she went back to the table for the key
Hän meni takaisin pöytään hakemaan avainta
but she found she could not reach high enough
Mutta hän huomasi, ettei hän voinut kurkottaa tarpeeksi
korkealle
she could see the key quite plainly through the glass
Hän näki avaimen aivan selvästi lasin läpi
she tried to climb up the legs of the table
Hän yritti kiivetä pöydän jalkoja pitkin
but the glass was far too slippery
Mutta lasi oli aivan liian liukas
eventually she tired herself out with trying
Lopulta hän väsytti itsensä yrittämään
and the poor little girl sat down and cried
ja pieni tyttöparka istuutui ja itki
Alice spoke to herself rather sharply
Liisa puhui itsekseen melko terävästi
"Come, there's no use in crying like that!"
"Tule, ei ole mitään hyötyä itkeä noin!"
"I advise you to stop right this minute!"
"Kehotan sinua lopettamaan juuri tällä hetkellä!"
She generally gave herself very good advice
Hän antoi yleensä itselleen erittäin hyviä neuvoja
though she very seldom followed her own advice
vaikka hän hyvin harvoin noudatti omia neuvojaan
and she sometimes was too harsh on herself
ja hän oli joskus liian ankara itselleen
and her words brought tears into her eyes

ja hänen sanansa toivat kyyneleet hänen silmiinsä
Soon her eye fell upon a little glass box
Pian hänen silmänsä osui pieneen lasilaatikkoon
the little glass box was lying under the table
Pieni lasilaatikko makasi pöydän alla
in the glass box was a very small cake
Lasilaatikossa oli hyvin pieni kakku
on the cake some words were beautifully written
Kakun päälle oli kirjoitettu kauniisti joitakin sanoja
the words had been marked in currants
Sanat oli merkitty herukoihin
"EAT ME"
"SYÖ MINUA"
"Well, I'll eat the cake," said Alice
"No, minä syön kakun", sanoi Liisa
"and if the cake makes me grow larger, I can reach the key"
"ja jos kakku saa minut kasvamaan suuremmaksi, voin
saavuttaa avaimen"
**"and if the cake makes me grow smaller, I can creep under
the door"**
"ja jos kakku saa minut pienenemään, voin hiipiä oven alle"
"so either way I'll get into the garden"
"joten joka tapauksessa pääsen puutarhaan"
"and I don't care which of the two happens!"
"enkä välitä siitä, kumpi näistä kahdesta tapahtuu!"
She ate a little bit of the cake
Hän söi vähän kakkua
and she anxiously spoke to herself:
ja hän puhui huolestuneena itsekseen:
"Which way? Which way?"
"Millä tavalla? Millä tavalla?"
and she held her hand on her head
ja hän piti kättään päänsä päällä
she wanted to feel which way she was growing
Hän halusi tuntea, mihin suuntaan hän kasvoi
she was quite surprised to find what had happened
Hän oli melko yllättynyt huomatessaan, mitä oli tapahtunut

she had remained the same size!
Hän oli pysynyt samankokoisena!
so this time she doubled her efforts
Joten tällä kertaa hän kaksinkertaisti ponnistelunsa
and soon she finished off the whole cake
ja pian hän viimeisteli koko kakun

The Pool of Tears
Kyynelten allas
"This is getting more and more interesting!" cried Alice
"Tästä tulee yhä mielenkiintoisempaa!" huudahti Liisa
You can see she was very surprised
Voit nähdä, että hän oli hyvin yllättynyt
"I'm opening out like the largest telescope there ever was!"
"Avaudun kuin suurin teleskooppi, joka on koskaan ollut!"
"Good-bye, feet! Oh, my poor little feet"
"Hyvästi, jalat! Voi, pienet jalkaraukkani"
"I wonder who will put on your shoes for you now, dears?"
"Ihmettelen, kuka laittaa kengät sinulle nyt, rakkaat?"
"and I wonder who will put on your stockings?"
"ja ihmettelen, kuka laittaa sukkasi jalkaan?"
"I shall be a great deal too far away"
"Olen aivan liian kaukana"
"I won't be able trouble myself about you anymore"
"En voi enää vaivata itseäni sinusta"
Just at this moment her head struck against something
Juuri tällä hetkellä hänen päänsä iski jotain vasten
she had reached the roof of the hall
Hän oli päässyt salin katolle
in fact, she was now more than two meters tall
Itse asiassa hän oli nyt yli kaksi metriä pitkä
and she at once took up the little golden key
ja hän tarttui heti pieneen kultaiseen avaimeen
and she hurried off to the garden door
ja hän kiiruhti puutarhan ovelle
Poor Alice! There was not much she could do
Liisa parka! Hän ei voinut tehdä paljon
she laid down on one side
Hän makasi toisella puolella
and she looked through into the garden with one eye
ja hän katsoi toisella silmällä puutarhaan
but to get through was more hopeless than ever
Mutta läpi pääseminen oli toivottomampaa kuin koskaan
She sat down and began to cry again

Hän istuutui ja alkoi taas itkeä
She went on shedding gallons of tears
Hän jatkoi vuodattamista gallonaa kyyneleitä
soon there was a large pool all around her
Pian hänen ympärillään oli suuri uima-allas
and the water reached half-way down the hall
ja vesi ulottui salin puoliväliin
After a time, she heard a little pattering of feet
Jonkin ajan kuluttua hän kuuli pienen jalkojen räjähdyksen
she heard the feet coming from the distance
Hän kuuli jalkojen tulevan kaukaa
and she hastily dried her eyes to see what was coming
ja hän kuivasi kiireesti silmänsä nähdäkseen, mitä oli tulossa
It was the White Rabbit returning
Se oli Valkoinen kani palaamassa
he was splendidly dressed
Hän oli upeasti pukeutunut
he had a pair of white gloves in one hand
Hänellä oli valkoiset hanskat toisessa kädessään
and he had a large feather fan in the other hand
ja hänellä oli suuri höyhentuuletin toisessa kädessä
He came trotting along in a great hurry
Hän tuli raveissa kovalla kiireellä
and he muttered to himself, "Oh! the Duchess, the Duchess!"
ja hän mutisi itsekseen: "Voi! herttuatar, herttuatar!"
"Oh! won't she be savage if I've kept her waiting!"
"Voi! Eikö hän ole villi, jos olen antanut hänen odottaa!"

When the Rabbit came near her, Alice spoke
Kun Kani tuli hänen lähelleen, Liisa puhui
but she spoke in a low, timid voice
Mutta hän puhui matalalla, aralla äänellä
"sir, please stop what you're doing for one moment"
"Herra, lopeta se, mitä teet hetkeksi"
The Rabbit startled violently
Kani säikähti rajusti
he dropped the white gloves and the feather fan
Hän pudotti valkoiset hanskat ja höyhentuulettimen
and he scurried away into the darkness as fast as he could
ja hän ryntäsi pois pimeyteen niin nopeasti kuin pystyi
Alice picked up the feather fan and gloves
Liisa otti höyhenviuhkan ja hanskat käteensä
and she kept fanning herself while she kept talking
ja hän jatkoi itsensä tuulettamista, kun hän jatkoi puhumista
"Dear, dear! How strange everything is today!"
"Rakas, rakas! Kuinka outoa kaikki onkaan tänään!"
"yesterday things went on just as usual"

"Eilen asiat jatkuivat ihan normaalisti"
"Was I the same when I got up this morning?"
"Olinko sama, kun nousin tänä aamuna?"
"But if I'm not the same, there is another question"
"Mutta jos en ole sama, on toinen kysymys"
"Who in the world am I?"
"Kuka ihmeessä minä olen?"
"Ah, that's the great puzzle!"
"Ah, se on suuri palapeli!"
As she said this, she looked down at her hands
Kun hän sanoi tämän, hän katsoi alas käsiinsä
she was wearing one of the rabbits little white gloves
Hänellä oli yllään yksi kaneista, pienet valkoiset käsineet
she hadn't noticed she put the glove on while talking
Hän ei ollut huomannut laittaneensa hanskaa päähänsä
puhuessaan
"How can I have done that?" she thought
"Kuinka olen voinut tehdä sen?" hän ajatteli
"I must be growing small again"
"Minun täytyy kasvaa taas pieneksi"
She got up and went to the table to measure her height
Hän nousi ylös ja meni pöydän ääreen mittaamaan pituutensa
she found that she was now about half a meter tall
Hän huomasi olevansa nyt noin puoli metriä pitkä
and she was still shrinking rapidly
ja hän kutistui edelleen nopeasti
She soon found out what the cause of the shrinking was
Hän sai pian selville, mikä oli kutistumisen syy
the feather fan was making her smaller again!
Höyhentuuletin pienensi häntä jälleen!
and she dropped the feather fan hastily
ja hän pudotti höyhentuulettimen kiireesti
she dropped the feather fan just in time to save herself
Hän pudotti höyhentuulettimen juuri ajoissa pelastaakseen
itsensä
**had she fanned herself any longer she would have shrunk
away entirely**

Jos hän olisi enää tuulettanut itseään, hän olisi kutistunut kokonaan pois;
"That was a narrow escape!" said Alice
"Se oli täpärä pakotie!" sanoi Liisa
and she was a good deal frightened at the sudden change
ja hän pelästyi kovasti äkillistä muutosta
but she was very glad to find herself still in existence
Mutta hän oli hyvin iloinen huomatessaan, että hän oli yhä olemassa
"And now, off to the garden!"
"Ja nyt, pois puutarhaan!"
And she ran with all speed back to the little door
Ja hän juoksi nopeasti takaisin pienelle ovelle
but, alas! the little door was shut again
Mutta valitettavasti! Pieni ovi suljettiin jälleen
and the little golden key was lying on the glass table again
ja pieni kultainen avain makasi taas lasipöydällä
"Things are worse than ever," thought the poor child
"Asiat ovat pahemmin kuin koskaan", ajatteli lapsiparka
"I never was so small as this before, never!"
"En ole koskaan ennen ollut näin pieni, en koskaan!"
As she said these words, her foot slipped
Kun hän sanoi nämä sanat, hänen jalkansa luiskahti
and in another moment there was a great splash!
Ja toisessa hetkessä oli suuri roiske!
she was up to her chin in salt-water
Hän oli leukaansa myöten suolavedessä
Her first idea was that she had somehow fallen into the sea
Hänen ensimmäinen ajatuksensa oli, että hän oli jotenkin pudonnut mereen
However, she soon realized what she was in
Hän kuitenkin tajusi pian, missä hän oli
she was in a pool of tears
Hän oli kyynellammikossa
the tears she had wept when she was two meters tall
kyyneleet, joita hän oli itkenyt ollessaan kaksi metriä pitkä

Just then she heard something
Juuri silloin hän kuuli jotain
something was splashing about in the pool
Jotain roiskui uima-altaassa
the splashing came from a little way off
Roiskeet tulivat vähän matkan päästä
and she swam nearer to see what the splashing was
ja hän ui lähemmäs nähdäkseen, mitä roiskeet olivat
she soon saw that it was only a little mouse
Hän huomasi pian, että se oli vain pieni hiiri
the little mouse had slipped in to the water too
Pieni hiirikin oli livahtanut veteen
Alice thought to herself about the situation
Liisa mietti tilannetta itsekseen
"Would it be of any use to speak to this mouse?"
"Olisiko mitään hyötyä puhua tälle hiirelle?"
"Everything is so up-side-down down here"
"Täällä kaikki on niin ylösalaisin"
"I should think very likely this mouse can talk"

"Pitäisin hyvin todennäköisenä, että tämä hiiri osaa puhua"
"at any rate, there's no harm in trying"
"Ainakaan yrittämisestä ei ole haittaa"
So she began trying to talk to the mouse
Niinpä hän alkoi yrittää puhua hiirelle
"Oh Mouse, do you know the way out of this pool?"
"Voi hiiri, tiedätkö tien ulos tästä altaasta?"
"I am very tired of swimming about here, Oh Mouse!"
"Olen hyvin kyllästynyt uimaan täällä, voi hiiri!"
The mouse looked at her rather inquisitively
Hiiri katsoi häntä melko uteliaasti
the mouse seemed to wink with one of its little eyes
Hiiri näytti iskevän silmää yhdellä pienistä silmistään
but the little mouse said nothing
Mutta pieni hiiri ei sanonut mitään
"Perhaps the mouse doesn't understand English," thought Alice
"Ehkä hiiri ei ymmärrä englantia", ajatteli Liisa
"I dare say it's a French mouse"
"Uskallan väittää, että se on ranskalainen hiiri"
"perhaps this mouse came over with William the Conqueror"
"ehkä tämä hiiri tuli William Valloittajan kanssa"
So she began again, in French
Niinpä hän aloitti uudelleen, ranskaksi
"Where is my cat?" she asked in French
"Missä kissani on?" hän kysyi ranskaksi
it was the first sentence in her French lesson-book
se oli hänen ranskan oppikirjansa ensimmäinen lause
The Mouse gave a sudden leap out of the water
Hiiri hyppäsi yhtäkkiä vedestä
and the mouse seemed to quiver all over with fright
ja hiiri näytti vapisevan pelosta
"Oh, I beg your pardon!" cried Alice hastily
"Voi, pyydän anteeksi!" huudahti Liisa kiireesti
she was afraid that she had hurt the poor animal's feelings
Hän pelkäsi, että hän oli loukannut eläinparan tunteita
"I quite forgot you didn't like cats"

"Unohdin täysin, ettet pitänyt kissoista"
"I don't like cats!" cried the Mouse in a shrill, passionate voice
"En pidä kissoista!" huusi Hiiri kiihkeällä, intohimoisella äänellä
"Would you like cats, if you were me?"
"Haluaisitko kissoja, jos olisit minä?"
Alice comforted the mouse in a soothing tone
Liisa lohdutti hiirtä rauhoittavalla äänellä
"Well, perhaps I would not like cats if I were you either"
"No, ehkä en myöskään haluaisi kissoja, jos olisin sinä"
"please don't be angry about the mention of cats"
"Älä ole vihainen kissojen mainitsemisesta"
"And yet I wish I could show you our cat Dinah"
"Ja silti toivon, että voisin näyttää sinulle kissamme Dinahin"
"if you met her I think you'd take a fancy to cats"
"Jos tapaisit hänet, luulen, että pitäisit kissoista"
"if you could only see her"
"Jos vain näkisit hänet"
"She is such a dear, quiet thing"
"Hän on niin rakas, hiljainen asia"
The mouse was shaking all over
Hiiri tärisi kaikkialla
Alice felt certain the mouse must be really offended
Liisa oli varma, että hiiri oli todella loukkaantunut
"We won't talk about her any more, if you'd rather not"
"Emme puhu hänestä enää, jos et halua"
"We, indeed!" cried the Mouse
"Me, todellakin!" huudahti Hiiri
the mouse was trembling down to the end of its tail
Hiiri vapisi hännän päähän asti
"As if I would talk on such a subject!"
"Ikään kuin puhuisin sellaisesta aiheesta!"
"Our family always hated cats"
"Perheemme vihasi aina kissoja"
"cats; nasty, low, vulgar things!"
"kissat; ilkeitä, alhaisia, mauttomia asioita!"

"Don't let me hear the name again!"
"Älä anna minun kuulla nimeä enää!"
"I won't mention cats again indeed!" said Alice
"En todellakaan mainitse kissoja enää!" sanoi Liisa
she was in a great hurry to change the subject
Hänellä oli suuri kiire vaihtaa aihetta
"Are you... are you fond of dogs?"
"Oletko ... Pidätkö koirista?"
"There is such a nice little dog near our house,"
"Talomme lähellä on niin mukava pieni koira."
"I should like to show you the little dog!"
"Haluaisin näyttää sinulle pienen koiran!"
"this little dog kills all the rats and...
"Tämä pieni koira tappaa kaikki rotat ja...
"oh, dear!" cried Alice in a sorrowful tone
"Voi, rakas!" huudahti Liisa murheellisella äänellä
"I'm afraid I've offended you again!"
"Pelkään, että olen loukannut sinua taas!"
the mouse was swimming away from her as fast as it could
go
Hiiri ui poispäin hänestä niin nopeasti kuin se pystyi
menemään
and the mouse made quite a commotion in the pool
ja hiiri teki melkoisen hälinän uima-altaassa
So she called softly after the mouse
Niinpä hän huusi hiljaa hiiren perään
"my dear mouse, please come back!"
"Rakas hiiri, tule takaisin!"
"and we won't talk about cats"
"Emmekä puhu kissoista"
"and we don't have to talk about dogs either"
"Eikä meidän tarvitse puhua koiristakaan"
When the mouse heard this, it turned around
Kun hiiri kuuli tämän, se kääntyi ympäri
and the little mouse swam slowly back to her
ja pieni hiiri ui hitaasti takaisin hänen luokseen
the mouse's face was quite pale

Hiiren kasvot olivat melko vaaleat
and the mouse spoke, in a low, trembling voice
ja hiiri puhui matalalla, vapisevalla äänellä
"Let us get to the shore"
"Mennään rannalle"
"and then I'll tell you my history"
"ja sitten kerron sinulle historiani"
"and you'll understand why it is I hate cats and dogs"
"ja ymmärrät, miksi vihaan kissoja ja koiria"
It had become high time to go
Oli tullut korkea aika lähteä
because the pool was getting quite crowded
koska uima-allas oli melko täynnä
other birds and animals had fallen into the pool
muut linnut ja eläimet olivat pudonneet altaaseen
there were a Duck and a Dodo
siellä oli Ankka ja Dodo
and there was a Lory bird and an Eaglet
ja siellä oli Lory-lintu ja kotka
and there were several other interesting looking creatures
ja siellä oli useita muita mielenkiintoisen näköisiä olentoja
Alice led the way out the pool
Liisa näytti tietä ulos altaasta
and the whole party of animals swam to the shore
ja koko joukko eläimiä ui rannalle

A caucus race and a long tail

Caucus-kilpailu ja pitkä häntä

They were indeed a funny-looking bunch of animals

He olivat todellakin hauskan näköinen joukko eläimiä

and they all assembled on the water's bank

ja he kaikki kokoontuivat veden rannalle

the birds all had bedraggled feathers

Kaikilla linnuilla oli rypistyneet höyhenet

and the furry animals were soaked through

ja karvaiset eläimet kastuivat läpikotaisin

and all were dripping wet, annoyed and uncomfortable

ja kaikki tippuivat märkinä, ärsyyntyneinä ja epämukavina

there was one question that had to be answered first

Ensin oli vastattava yhteen kysymykseen

what is the best way for everyone to get dry?

Mikä on paras tapa kaikille kuivua?

They had a consultation about this matter

He neuvottelivat asiasta

soon they were all on familiar terms

Pian he olivat kaikki tutuissa väleissä
it was as if she had known them all her life
Oli kuin hän olisi tuntenut heidät koko elämänsä
the mouse seemed to be a person of some authority
Hiiri näytti olevan jonkin auktoriteetin henkilö
"Sit down, all of you, and listen to me!
"Istukaa alas, te kaikki, ja kuunnelkaa minua!
I'll soon make you all dry again!"
"Laitan teidät pian taas kuiviksi!"
They all sat down at once, in a large ring
He kaikki istuivat kerralla, suuressa renkaassa
and the little mouse sat in the middle
ja pieni hiiri istui keskellä
"Ahem!" said the mouse with an important air
"Ahem!" sanoi hiiri tärkeällä tuulella
"Are you all ready?"
"Oletteko kaikki valmiita?"
"This is the driest thing I know"
"Tämä on kuivin asia, jonka tiedän"
"Silence all around, if you please!"
"Hiljaisuus kaikkialla, jos haluat!"
"William the Conqueror was favoured by the pope"
"William Valloittaja oli paavin suosiossa"
"but he was soon submitted to by the English"
"mutta englantilaiset alistuivat häneen pian"
"they wanted leaders of late"
"He halusivat viime aikoina johtajia"
"and they had been accustomed to power and conquest"
"Ja he olivat tottuneet valtaan ja valloitukseen"
"Edwin and Morcar, the Earls of Mercia and Northumbria"
"Edwin ja Morcar, Mercian ja Northumbrian jaarlit"
"Ugh!" said the lori bird, with a shiver
"Ugh!" sanoi lori-lintu väristen;
"and even Stigand, the patriotic archbishop of Canterbury"
"ja jopa Stigand, Canterburyn isänmaallinen arkkipiispa"
"he also found it advisable"
"Hän piti sitä myös suositeltavana"

"What did he find advisable?" said the duck
"Mitä hän piti suositeltavana?" kysyi ankka
"He found it advisable" the mouse replied rather crossly
"Hän piti sitä suositeltavana", hiiri vastasi melko ristiin
but the duck was not satisfied
Mutta ankka ei ollut tyytyväinen
"of course, you know what 'it' means"
"Tietysti tiedät, mitä 'se' tarkoittaa"
"I know what 'it' is when I find a thing," said the duck
"Tiedän, mikä 'se' on, kun löydän jotain", sanoi ankka
"it's generally a frog or a worm"
"Se on yleensä sammakko tai mato"
"The question is, what did the archbishop find?"
"Kysymys kuuluu, mitä arkkipiispa löysi?"
The mouse did not notice this question
Hiiri ei huomannut tätä kysymystä
instead, the mouse hurriedly went on with the speech
Sen sijaan hiiri jatkoi kiireesti puhetta
"he found it advisable to go with Edgar Atheling"
"hän piti suositeltavana mennä Edgar Athelingin kanssa"
"to meet William and offer him the crown"
"tavata William ja tarjota hänelle kruunu"
the mouse continued, turning to Alice as it spoke
hiiri jatkoi ja kääntyi Liisan puoleen puhuessaan
"How are you getting on now, my dear?"
"Kuinka voit nyt, kultaseni?"
"As wet as ever," said Alice in a melancholy tone
"Yhtä märkä kuin ennenkin", sanoi Liisa surumielisellä äänellä
"this story doesn't seem to dry me at all"
"Tämä tarina ei tunnu kuivattavan minua ollenkaan"
"In that case," said the dodo solemnly, rising to its feet
"Siinä tapauksessa", dodo sanoi juhlallisesti ja nousi jaloilleen
"I vote that the meeting be adjourned"
"Äänestän kokouksen keskeyttämisen puolesta"
"and I propose an immediate adoption of more energetic
remedies"
"ja ehdotan välittömästi energisempien korjaustoimenpiteiden

käyttöönottoa"
"Speak real words!" said the eaglet
"Puhu oikeita sanoja!" sanoi kotka
"I don't know the meaning of half of those long words"
"En tiedä mitä puolet noista pitkistä sanoista tarkoittaa"
"and, what's more, I don't believe you know either!"
"ja mikä parasta, en usko, että sinäkään tiedät!"
"What I was going to say," said the dodo in an offended tone
"Mitä aioin sanoa", sanoi dodo loukkaantuneella äänellä
"the best thing to get us dry would be a caucus-race"
"Paras tapa saada meidät kuiviin olisi caucus-kilpailu"
"What is a caucus-race?" said Alice
"Mikä on kaukasus-rotu?" kysyi Liisa

"Well," said the dodo, "the best way to explain it is to do it"
"No", sanoi dodo, "paras tapa selittää se on tehdä se."
"First the dodo marked out a race-course"
"Ensin dodo merkitsi kilparadan"
"the track was in a sort of circle"
"Rata oli eräänlaisessa ympyrässä"
"and then all the party were placed along the course"
"Ja sitten kaikki puolueet sijoitettiin radan varrelle"
There was no "One, two, three and away!"
Ei ollut "Yksi, kaksi, kolme ja pois!"

but they began running when they liked
Mutta he alkoivat juosta, kun halusivat
and they also finished when they liked
Ja he myös lopettivat, kun halusivat
so it was not easy to know when the race was over
Joten ei ollut helppoa tietää, milloin kilpailu oli ohi
after half an hour or so of running they were all quite dry
Noin puolen tunnin juoksun jälkeen ne olivat kaikki melko kuivia
the dodo suddenly called out, "The race is over!"
dodo huusi yhtäkkiä: "Kilpailu on ohi!"
and they all crowded around the dodo
ja he kaikki tungeksivat dodon ympärillä
all the animals were panting and puffing
Kaikki eläimet huohottivat ja puhalsivat
and they all wanted to know, "But who has won?"
ja he kaikki halusivat tietää: "Mutta kuka on voittanut?"
This question the dodo could not immediately answer
Tähän kysymykseen dodo ei voinut heti vastata
first he had to do a great deal of thinking
Ensin hänen täytyi miettiä paljon
after much thinking, the dodo finally spoke
Pitkän harkinnan jälkeen Dodo lopulta puhui
"Everybody has won, and all must have prizes"
"Kaikki ovat voittaneet, ja kaikilla on oltava palkintoja"
"But who is to give the prizes?" asked a chorus of voices
"Mutta kuka antaa palkinnot?" kysyi äänikuoro
"Well, she, of course," said the dodo
"No, hän tietysti", sanoi dodo
and the dodo pointed with one finger to Alice
ja dodo osoitti yhdellä sormella Liisa
and the whole party of animals crowded around her
ja koko eläinjoukko tungeksi hänen ympärillään
they called out, in a confused way, "Prizes! Prizes!"
He huusivat hämmentyneenä: "Palkintoja! Palkintoja!"
Alice had no idea what to do
Liisalla ei ollut aavistustakaan, mitä tehdä

in despair she put her hand into her pocket
Epätoivoissaan hän pani kätensä taskuunsa
and she pulled out a box of sweets
ja hän veti esiin laatikon makeisia
luckily the salt-water had not got into the box
Onneksi suolavesi ei ollut päässyt laatikkoon
and she handed the sweets around as prizes
ja hän jakoi makeiset palkintoina
There was exactly one piece for everyone
Jokaiselle oli tasan yksi pala
The next thing they had to do was to eat the sweets
Seuraava asia, joka heidän täytyi tehdä, oli syödä makeisia
this caused some noise and confusion
Tämä aiheutti melua ja hämmennystä
the large birds complained that they could not taste their sweets
Suuret linnut valittivat, etteivät he voineet maistaa makeisiaan
the small ones choked and had to be patted on the back
Pienet tukehtuivat ja niitä piti taputtaa selkään
However, it was over at last
Se oli kuitenkin vihdoin ohi
and they sat down again in a ring
ja he istuutuivat taas kehään
and they begged the mouse to tell them something more
ja he pyysivät hiirtä kertomaan heille jotain lisää
"You promised to tell me your history, you know," said Alice
"Lupasit kertoa minulle historiasi", sanoi Liisa
and she made another little remark about cats in a whisper
ja hän teki toisen pienen huomautuksen kissoista kuiskaten
she didn't want to offend the mouse again
Hän ei halunnut loukata hiirtä uudelleen
the little mouse turned to Alice and sighed
pieni hiiri kääntyi Liisan puoleen ja huokaisi
"Mine is a long and a sad tale!"
"Minun on pitkä ja surullinen tarina!"
"It is a long tail, certainly," said Alice
"Se on varmasti pitkä häntä", sanoi Liisa

and she looked down with wonder at the mouse's tail
ja hän katsoi ihmetellen hiiren häntää
"but why do you call it a sad tail?"
"Mutta miksi kutsut sitä surulliseksi hännäksi?"
And she kept on puzzling about it while the mouse was speaking
Ja hän jatkoi hämmentämistä siitä, kun hiiri puhui
so that her idea of the tale was something like this
niin, että hänen ajatuksensa tarinasta oli jotain tällaista

```
          "Fury said to
           a mouse, That
            he met in the
             house, 'Let
              us both go
               to law: I
               will prosecute
               you.—
                 Come, I'll
                take no denial:
               We must have
             the trial;
           For really
         this morning
       I've
       nothing
       to do.'
          Said the
             mouse to
               the cur,
                'Such a
                  trial, dear
                   sir, With
                     no jury
                      or judge,
                      would
                      be wasting
                   our
               breath.'
            'I'll be
           judge,
         I'll be
        jury.'
       said
       cunning
         old
          Fury;
           'I'll
             try
                the
                  whole
                   cause,
                   and
                   condemn
                 you to
          death."
```

Fury said to a mouse, That he met in the house"
Fury sanoi hiirelle, että hän tapasi talossa "
Let us both go to law: I will prosecute you
Menkäämme molemmat oikeuteen: minä asetan teidät syytteeseen

Come, I'll take no denial: We must have the trial
Tule, en kiellä: Meidän täytyy saada oikeudenkäynti
For really this morning I've nothing to do
Sillä oikeastaan tänä aamuna minulla ei ole mitään tekemistä
Said the mouse to the cur;
Sanoi hiiri curille;
**Such a trial, dear sir, With no jury or judge, would be
wasting our breath**
Sellainen oikeudenkäynti, rakas herra, Ilman valamiehistöä tai
tuomaria tuhlaisi henkeämme
"I'll be judge, I'll be jury," said cunning old Fury
"Minä olen tuomari, minä olen valamiehistö", sanoi ovela
vanha Fury
I'll try the whole cause, and condemn you to death
Minä koettelen koko asiaa ja tuomitsen sinut kuolemaan
the mouse spoke severely to Alice
hiiri puhui ankarasti Liisalle
"You are not paying attention!"
"Et kiinnitä huomiota!"
"What are you thinking of?"
"Mitä ajattelet?"
"I beg your pardon," said Alice very humbly
"Pyydän anteeksi", Liisa sanoi hyvin nöyrästi
"you had got to the fifth bend, I think?"
"Luulisin, että olit päässyt viidenteen mutkaan?"
"You insult me by talking such nonsense!"
"Loukkaat minua puhumalla sellaista hölynpölyä!"
and the mouse got up and walked away
ja hiiri nousi ylös ja käveli pois
Alice called after the little mouse
Liisa huusi pienen hiiren perään
"Please come back and finish your story!"
"Tule takaisin ja lopeta tarinasi!"
And the others all joined in chorus
Ja kaikki muut liittyivät kuoroon
"Yes, please do finish your story!"
"Kyllä, lopeta tarinasi!"

But the mouse only shook its head impatiently

Mutta hiiri vain pudisti päätään kärsimättömästi

and the little mouse walked a little quicker

ja pieni hiiri käveli hieman nopeammin

"I wish I had Dinah, our cat, here!" said Alice

"Toivon, että minulla olisi Dinah, kissamme, täällä!" sanoi
Liisa

This caused a remarkable sensation among the party

Tämä aiheutti merkittävän sensaation puolueen keskuudessa

Some of the birds hurried off at once

Osa linnuista kiiruhti heti pois

and a Canary called out in a trembling voice, to its children;

ja kanarialintu huusi vapisevalla äänellä lapsilleen;

"Come away, my dears!"

"Tule pois, rakkaani!"

"It's high time you were all in bed!"

"On korkea aika olla kaikki sängyssä!"

with various excuses they all went away

Eri tekosyillä he kaikki menivät pois

and Alice was soon left alone

ja Liisa jäi pian yksin

"I wish I hadn't mentioned Dinah!"

"Toivon, etten olisi maininnut Dinahia!"

"Nobody seems to like her down here"

"Kukaan ei näytä pitävän hänestä täällä"

"but I'm sure she's the best cat in the world!"

"mutta olen varma, että hän on maailman paras kissa!"

Poor Alice began to cry again

Liisa parka alkoi taas itkeä

because she felt very lonely and low-spirited

koska hän tunsi itsensä hyvin yksinäiseksi ja alakuloiseksi

In a little while, however, she again heard something

Hetken kuluttua hän kuitenkin kuuli taas jotain

a little pattering of footsteps in the distance

Pieni askelten patteristo kaukaisuudessa

and she looked up eagerly

ja hän katsoi innokkaasti ylös

The rabbit sends in little Mr Bill
Kani lähettää pienen herra Billin

It was the white rabbit,trotting slowly back again
Se oli valkoinen kani, joka ravasi hitaasti takaisin
he was looking about anxiously as he went
Hän katseli huolestuneena ympärilleen mennessään
he looked as if he had lost something
Hän näytti siltä kuin hän olisi menettänyt jotain
Alice heard him muttering to himself
Liisa kuuli hänen mutisevan itsekseen
"The Duchess! The Duchess! Oh, my dear paws!"
"Herttuatar! Herttuatar! Voi, rakkaat tassuni!"
"Oh, my fur and whiskers!"
"Voi, turkkini ja viikseni!"
"She'll get me executed, I'm sure of that"
"Hän teloittaa minut, olen varma siitä"
"just as sure as ferrets are ferrets!"
"Yhtä varmasti kuin fretit ovat frettejä!"
"Where can I have dropped my things, I wonder?"

"Mihin olen voinut pudottaa tavarani, ihmettelen?"
Alice guessed in a moment what he was looking for
Liisa arvasi hetkessä, mitä etsi
he was looking for the feather fan
Hän etsi höyhentuuletinta
and he was looking for the pair of white gloves
ja hän etsi valkoisia käsineitä
so she very good-naturedly began looking for the gloves
Niinpä hän alkoi hyväntahtoisesti etsiä käsineitä
and she looked for the feather fan too
Ja hän etsi myös höyhenviuhkan
but the gloves and feather fan were nowhere to be seen
Mutta hanskat ja höyhentuuletin eivät näkyneet missään
everything seemed to have changed since her swim in the pool
Kaikki näytti muuttuneen sen jälkeen, kun hän ui uima-altaassa
nothing was the same since she had been in the great hall
Mikään ei ollut entisellään sen jälkeen, kun hän oli ollut suuressa salissa
and the glass table had vanished
ja lasipöytä oli kadonnut
and the little door wasn't there either
Eikä pieni ovikaan ollut siellä
Very soon the rabbit noticed Alice
Hyvin pian kani huomasi Alicen
he called to her in an angry tone
Hän kutsui häntä vihaisella äänellä
"Mary Ann, what are you doing out here?"
"Mary Ann, mitä teet täällä?"
"Run home this moment"
"Juokse kotiin tällä hetkellä"
"and fetch me a pair of gloves and a feather fan!"
"Ja hae minulle hanskat ja höyhentuuletin!"
"and be quick about it!"
"Ja ole nopea siinä!"
Alice spoke to herself as she ran off

Liisa puhui itsekseen juostessaan karkuun
"He must have mistaken me for his housemaid!"
"Hän on varmaan erehtynyt luulemaan minua
palvelijattarekseen!"
"How surprised he'll be when he finds out who I am!"
"Kuinka yllättynyt hän onkaan, kun hän saa tietää, kuka olen!"
As she said this, she came upon a neat little house
Kun hän sanoi tämän, hän tuli siistiin pieneen taloon
on the door of the house was a bright brass plate
Talon ovella oli kirkas messinkilevy
"W. RABBIT"
"W. KANI"
She went in without knocking on the door
Hän meni sisään koputtamatta oveen
and she hurried straight upstairs
ja hän kiiruhti suoraan yläkertaan
she worried that she might meet the real Mary Ann
hän pelkäsi tapaavansa todellisen Mary Annin
because then she would be turned out of the house
koska silloin hänet käännytettäisiin ulos talosta
and she wouldn't be able to find the feather fan and gloves
Eikä hän löytäisi höyhenviuhkaa ja hanskoja
Alice had found her way into a tidy little room
Liisa oli löytänyt tiensä siistiin pieneen huoneeseen
in the room was a table by the window
Huoneessa oli pöytä ikkunan vieressä
and on the table was a feather fan
ja pöydällä oli höyhentuuletin
and there were two or three pairs of tiny white gloves
ja siellä oli kaksi tai kolme paria pieniä valkoisia käsineitä
she picked up the feather fan and a pair of the gloves
Hän otti höyhentuulettimen ja hanskat
and she was just about to leave the room
ja hän oli juuri lähdössä huoneesta
but then her eyes fell upon a little bottle
mutta sitten hänen silmänsä osuivat pieneen pulloon
She uncorked the bottle and put it to her lips

Hän avasi pullon korkin ja laittoi sen huulilleen
"I do hope it'll make me grow large again"
"Toivon, että se saa minut kasvamaan jälleen suureksi"
"I'm tired of being such a tiny little thing!"
"Olen kyllästynyt olemaan niin pieni pieni asia!"
Alice had hardly drunk half the bottle
Liisa oli tuskin juonut puolta pulloa
her head was already pressing against the ceiling
Hänen päänsä painui jo kattoa vasten
and she had to stoop down
ja hänen täytyi kumartua
to save her neck from being broken
pelastaakseen niskansa murtumasta
She hastily put down the bottle
Hän laski pullon kiireesti
"That's quite enough"
"Se riittää"
"I hope I don't grow anymore"
"Toivottavasti en kasva enää"
Alas! It was too late to wish that!
Valitettavasti! Oli liian myöhäistä toivoa sitä!
She went on growing and growing
Hän jatkoi kasvamistaan ja kasvamistaan
and very soon she had to kneel down on the floor
ja pian hänen täytyi polvistua lattialle
and even then she went on growing
ja silloinkin hän jatkoi kasvuaan
as a last resource she put one arm out of the window
Viimeisenä resurssina hän laittoi toisen kätensä ulos ikkunasta
and she put one foot up the chimney
ja hän nosti toisen jalkansa savupiippuun
"Now I can do no more, whatever happens"
"Nyt en voi tehdä enempää, tapahtuipa mitä tahansa"
"What will become of me?"
"Mitä minusta tulee?"

Alice had a spot of luck
Liisalla oli onnea
the little magic bottle had had its full effect
Pieni taikapullo oli saanut täyden tehonsa
and Alice grew no larger than she was
eikä Liisa kasvanut suuremmaksi kuin hän oli
After a few minutes she heard a voice outside
Muutaman minuutin kuluttua hän kuuli äänen ulkona
and she stopped to listen to the voice
ja hän pysähtyi kuuntelemaan ääntä
"Mary Ann! Mary Ann!" said the voice
"Mary Ann! Mary Ann!" sanoi ääni
"Fetch me my gloves this moment!"
"Hae minulle hanskat tällä hetkellä!"
Then came a little pattering of feet on the stairs
Sitten tuli pieni jalat portaissa
Alice knew it was the rabbit coming to look for her
Liisa tiesi, että kani oli tulossa etsimään häntä
and she trembled till she shook the house

ja hän vapisi, kunnes ravisteli taloa
she quite forgot what her proportions were
Hän unohti täysin, mitkä hänen mittasuhteensa olivat
she was a thousand times as large as the rabbit
Hän oli tuhat kertaa suurempi kuin kani
and she had no reason to be afraid of a rabbit
ja hänellä ei ollut mitään syytä pelätä kania
Presently the rabbit came up to the door
Eikä aikaakaan, kun kani tuli ovelle
and the little rabbit tried to open the door
ja pieni kani yritti avata oven
the door started to open inwards
ovi alkoi avautua sisäänpäin
but Alice's elbow was pressed hard against the door
mutta Liisan kyynärpää painettiin lujasti ovea vasten
that attempt proved a failure
Tämä yritys osoittautui epäonnistuneeksi
Alice heard the rabbit speak to himself
Liisa kuuli jäniksen puhuvan itsekseen
"Then I'll go around and get in through the window"
"Sitten menen ympäri ja pääsen sisään ikkunasta"
"That you won't!" thought Alice
"Että sinä et!" ajatteli Liisa
and she waited a little again
ja hän odotti taas vähän
soon she heard the rabbit just under the window
Pian hän kuuli jäniksen aivan ikkunan alla
she suddenly spread out her hand
Hän levitti yhtäkkiä kätensä
and she made a snatch in the air
ja hän sieppasi ilmassa
She did not get hold of anything
Hän ei saanut käsiinsä mitään
but she heard a little shriek and a fall
Mutta hän kuuli pienen huudon ja kaatumisen
and she heard a crash of broken glass
ja hän kuuli rikkoutuneen lasin törmäyksen

perhaps the rabbit had fallen
Ehkä kani oli pudonnut
maybe he was in a green-house
Ehkä hän oli vihreässä talossa
Next came an angry voice; the rabbit's voice
Seuraavaksi kuului vihainen ääni; Kanin ääni
"Pat, where are you?"
"Pat, missä olet?"
And then came a voice she had never heard before
Ja sitten tuli ääni, jota hän ei ollut koskaan ennen kuullut
"your honour, I'm here!"
"Teidän kunnianne, olen täällä!"
"I'm digging for apples"
"Kaivan omenoita"
"Here! Come and help me out of this!"
"Täällä! Tule auttamaan minua pois tästä!"
"Now tell me, Pat, what's that in the window?"
"Kerro nyt, Pat, mitä ikkunassa on?"
"Sure, your honour, I will tell you"
"Toki, teidän kunnianne, minä sanon teille"
"it's an arm that's in the window!"
"Se on käsivarsi, joka on ikkunassa!"
"Well, an arm has no business there"
"No, kädellä ei ole mitään asiaa sinne"
"go and take the arm away!"
"Mene ja ota käsi pois!"
There was a long silence after this
Tämän jälkeen vallitsi pitkä hiljaisuus
and Alice could only hear whispers now and then
ja Liisa kuuli vain kuiskauksia silloin tällöin
and at last she spread out her hand again
ja viimein hän taas ojensi kätensä
and she made another snatch in the air
ja hän teki toisen sieppauksen ilmassa
This time there were two little shrieks
Tällä kertaa kuului kaksi pientä huutoa
and there was more sounds of broken glass

ja lasinsirujen ääniä kuului enemmän
"I wonder what they'll do next!" thought Alice
"Mietin, mitä he tekevät seuraavaksi!" ajatteli Liisa
"I wish they would pull me out the window"
"Toivon, että he vetäisivät minut ulos ikkunasta"
She waited for some time
Hän odotti jonkin aikaa
but for a while she didn't hear anything more
Mutta jonkin aikaa hän ei kuullut mitään muuta
At last came a rumbling of little wheels
Vihdoinkin kuului pienten pyörien jyrinä
and there came the sound of a good many voices
ja sieltä kuului monien äänien ääni
all the voices were talking together
Kaikki äänet puhuivat yhdessä
She could make out some of the words
Hän pystyi erottamaan joitakin sanoja
"Where's the other ladder?"
"Missä ovat toiset tikkaat?"
"Bill's got the other ladder"
"Billillä on toiset tikkaat"
"Bill, come here!"
"Bill, tule tänne!"
"Will the roof bear the load?"
"Kestääkö katto kuorman?"
"Who wants to go down the chimney?"
"Kuka haluaa mennä alas savupiipusta?"
"Nay, I shall not! You do it!"
"Ei, en aio! Sinä teet sen!"
"Here, Bill!"
"Tässä, Bill!"
"The master says you've got to go down the chimney!"
"Mestari sanoo, että sinun täytyy mennä alas savupiipusta!"
Alice drew her foot as far down the chimney as she could
Liisa veti jalkansa niin alas savupiipusta kuin pystyi
and then she waited to see what was coming
Ja sitten hän odotti nähdäkseen, mitä oli tulossa

she heard a little animal scratching and scrambling
Hän kuuli pienen eläimen raapimisen ja rypistymisen
the little animal must be in the chimney
pienen eläimen on oltava savupiipussa
then she gave one sharp kick
Sitten hän antoi yhden terävän potkun
and she waited to see what would happen next
Ja hän odotti, mitä seuraavaksi tapahtuisi
she heard a general chorus of voices
Hän kuuli yleisen äänikuoron
"There goes Bill!" they all said
"Tuossa menee Bill!" he kaikki sanoivat
then she heard the rabbit's voice alone
Sitten hän kuuli kanin äänen yksin
"You by the hedge, catch him!"
"Sinä pensasaidan vieressä, ota hänet kiinni!"
there was another moment of silence
Oli toinen hiljainen hetki
and then there was another confusion of voices
Ja sitten oli toinen äänien sekaannus
"Hold up his head, Brandy"
"Pidä päänsä ylhäällä, Brandy"
"be careful not to choke him"
"Varo tukehduttamasta häntä"
"What happened to you?"
"Mitä sinulle tapahtui?"
Last came a little feeble, squeaking voice
Viimeisenä tuli hieman heikko, vinkuva ääni
"Well, I hardly know no more"
"No, tuskin tiedän enempää"
"thank you all, I'm better now"
"Kiitos kaikille, olen nyt parempi"
"there is one thing I can remember"
"On yksi asia, jonka muistan"
"something comes at me like a train in a tunnel"
"Jokin tulee minua kohti kuin juna tunnelissa"
"and up I fly like a sky-rocket!"

"ja ylös lennän kuin taivasraketti!"
there was a minute or two of silence
Oli minuutin tai kahden hiljaisuus
and then they began moving about again
ja sitten he alkoivat taas liikkua
and Alice heard the Rabbit speak again
ja Liisa kuuli jäniksen puhuvan taas
"A barrowful will do, to begin with"
"Aluksi käy kärryllinen"
"A barrowful of what?" thought Alice
"Mitä?" ajatteli Liisa
But she was not kept in suspense for long
Mutta häntä ei pidetty jännityksessä pitkään
a shower of little pebbles came through the window
Ikkunasta tuli pienten kivien suihku
and some of the little pebbles hit her in the face
ja jotkut pienistä kivistä löivät häntä kasvoihin
Alice was surprised about the little pebbles
Liisa yllättyi pienistä kivistä
all the little pebbles were turning into cakes
Kaikki pienet kivet muuttuivat kakkuiksi
and a bright idea came into her head
Ja kirkas idea tuli hänen päähänsä
"I should eat one of these cakes"
"Minun pitäisi syödä yksi näistä kakuista"
"cake is sure to make some change in my size"
"Kakku muuttaa varmasti kokoani"
So she swallowed one of the cakes
Niinpä hän nielaisi yhden kakuista
and she was delighted to find that she began shrinking
ja hän oli iloinen huomatessaan, että hän alkoi kutistua
soon she was small enough to get through the door
Pian hän oli tarpeeksi pieni päästäkseen ovesta sisään
she ran out of the house
Hän juoksi ulos talosta
a crowd of little animals and birds were waiting outside
Joukko pieniä eläimiä ja lintuja odotti ulkona

all the little birds and animals rushed at Alice
kaikki pienet linnut ja eläimet ryntäsivät Liisan kimppuun
but she ran off as fast as she could
Mutta hän juoksi pois niin nopeasti kuin pystyi
and soon she found herself safe in a thick wood
ja pian hän huomasi olevansa turvassa paksussa metsässä
Alice wandered about in the woods
Liisa vaelteli metsässä
and she thought to herself:
ja hän ajatteli itsekseen:
"I know what I have to do first"
"Tiedän, mitä minun on tehtävä ensin"
"first I have to grow to my right size again"
"ensin minun täytyy kasvaa taas oikeaan kokooni"
"and then I have to find my way into that lovely garden"
"ja sitten minun täytyy löytää tieni tuohon ihanaan
puutarhaan"
"I suppose I ought to eat or drink something or other"
"Minun pitäisi kai syödä tai juoda jotain tai muuta"
"but the question is what should I eat or drink?"
"Mutta kysymys kuuluu, mitä minun pitäisi syödä tai juoda?"
Alice looked all around her at the flowers
Liisa katseli ympärillään kukkia
and she looked through the blades of grass
ja hän katsoi ruohonkorsien läpi
but she could not see anything to eat or drink
Mutta hän ei nähnyt mitään syötävää tai juotavaa
nothing looked like the right thing to eat or drink
Mikään ei näyttänyt oikealta syötävältä tai juotavalta
There was a large mushroom growing near her
Hänen lähellään kasvoi suuri sieni
the mushroom was about the same height as Alice
sieni oli suunnilleen yhtä korkea kuin Alice
She stretched herself up on tiptoes
Hän venytti itsensä varpaille
and she peeped over the edge of the mushroom
ja hän kurkisti sienen reunan yli

her eyes immediately met the eyes of a large blue caterpillar
Hänen silmänsä kohtasivat heti suuren sinisen toukan silmät
the caterpillar was sitting on the top of the mushroom
Toukka istui sienen päällä
and the caterpillar had crossed all his arms
ja toukka oli ristinyt kaikki kätensä
and he was quietly smoking a long hookah
ja hän poltti hiljaa pitkää vesipiippua
and he took not the smallest notice of anything
eikä hän kiinnittänyt pienintäkään huomiota mihinkään
and he certainly didn't pay attention to Alice
eikä hän todellakaan kiinnittänyt huomiota Aliceen

Advice from a caterpillar

Neuvoja toukkalta

At last the caterpillar took the hookah out of its mouth
Viimein toukka otti vesipiipun suustaan
and he addressed Alice in a languid, sleepy voice
ja hän puhutteli Liisa veltolla, uneliaalla äänellä
"Who are you?" said the caterpillar
"Kuka sinä olet?" kysyi toukka

Alice replied, rather shyly, "I hardly know, sir"
Liisa vastasi melko ujosti: "Tuskin tiedän, herra."
"just at the moment it's all a bit..."
"Juuri tällä hetkellä kaikki on vähän..."

"I know who I was when I got up this morning""
"Tiedän, kuka olin, kun nousin tänä aamuna""
"but I think I must have changed several times since then"
"mutta luulen, että minun on täytynyt muuttua useita kertoja
sen jälkeen"
"What do you mean by that?" said the caterpillar
"Mitä tarkoitat sillä?" kysyi toukka
sternly the caterpillar asked her to explain herself
Toukka pyysi häntä ankarasti selittämään itsensä
"I can't explain myself, I'm afraid, sir," said Alice
"En voi selittää itseäni, pelkäänpä, herra", sanoi Liisa
"because I'm not myself"
"koska en ole oma itseni"
"you see, being so many different sizes in a day is very
confusing"
"Katsos, niin monta eri kokoa päivässä on hyvin
hämmentävää"
She pulled herself up and said very gravely:
Hän veti itsensä ylös ja sanoi hyvin vakavasti:
"I think you ought to tell me who you are, first"
"Mielestäni sinun pitäisi ensin kertoa minulle, kuka olet"
"Why?" said the caterpillar
"Miksi?" kysyi toukka
Alice could not think of any good reason
Liisa ei keksinyt mitään hyvää syytä
and the caterpillar seemed to be in a very unpleasant state of
mind
ja toukka näytti olevan hyvin epämiellyttävässä mielentilassa
so she turned away
Niinpä hän kääntyi pois
"Come back!" the caterpillar called after her
"Tule takaisin!" toukka huusi hänen peräänsä
"I've something important to say!"
"Minulla on jotain tärkeää sanottavaa!"
Alice turned and came back again
Liisa kääntyi ja tuli takaisin
"Keep your temper," said the caterpillar

"Pidä malttisi", sanoi toukka
"Is that all?" said Alice
"Onko siinä kaikki?" kysyi Liisa
and she swallowed her anger as well as she could
ja hän nieli vihansa niin hyvin kuin pystyi
"No," said the caterpillar
"Ei", sanoi toukka
the caterpillar unfolded its arms
Toukka avasi kätensä
and he took the hookah out of his mouth again
ja hän otti vesipiipun taas suustaan
and he said, "So you think you're changed, do you?"
ja hän sanoi: "Joten luulet muuttuneesi, vai mitä?"
"I'm afraid, I am changed, sir," said Alice
»Minä pelkään, minä olen muuttunut, herra», sanoi Liisa
"I can't remember things as I used to remember them"
"En muista asioita samalla tavalla kuin ennen"
"and I don't stay the same size for more than ten minutes!"
"enkä pysy samankokoisena yli kymmentä minuuttia!"
"What size do you want to be?" asked the caterpillar
"Minkä kokoinen haluat olla?" kysyi toukka
"Oh, I don't particularly mind what size I am," Alice hastily replied
"Voi, minua ei erityisesti haittaa se, minkä kokoinen olen",
Liisa vastasi kiireesti
"I just don't like changing size so often, you know"
"En vain pidä koon vaihtamisesta niin usein, tiedäthän"
"I would like to be a little larger, sir"
"Haluaisin olla hieman suurempi, sir"
"if you wouldn't mind," added Alice
"jos et pahastu", lisäsi Liisa
"Ten centimetres is such a wretched height to be"
"Kymmenen senttiä on niin surkea korkeus"
"It is a very good height indeed!" said the caterpillar angrily
"Se on todella hyvä korkeus!" sanoi toukka vihaisesti
and he reared itself upright as he spoke
ja puhuessaan hän kohotti itsensä pystyyn

he was exactly ten centimetres high
Hän oli tasan kymmenen senttiä korkea
In a minute or two, the caterpillar got down off the mushroom
Minuutissa tai kahdessa toukka pääsi alas sienestä
and he crawled away into the grass
ja hän ryömi pois ruohikolle
as he went away, he made some little remarks
Kun hän meni pois, hän teki muutamia pieniä huomautuksia
"One side will make you grow taller"
"Toinen puoli saa sinut kasvamaan pidemmäksi"
"and the other side will make you grow shorter"
"Ja toinen puoli saa sinut lyhenemään"
"One side of what?" thought Alice to herself
"Minkä toinen puoli?" ajatteli Liisa itsekseen
"The other side of what?"
"Minkä toinen puoli?"
"the side of the mushroom," said the caterpillar
"Sienen kyljessä", sanoi toukka
it was as if she had asked her question aloud
Oli kuin hän olisi esittänyt kysymyksensä ääneen
and in another moment, he was out of sight
ja toisessa hetkessä hän oli poissa näkyvistä
Alice remained looking thoughtfully at the mushroom
Liisa jäi katsomaan mietteliäänä sientä
she was trying to make out which were the two sides of the mushroom
Hän yritti selvittää, mitkä olivat sienen kaksi puolta
At last she stretched her arms around the mushroom
Viimein hän ojensi kätensä sienen ympärille
and she broke off a bit of the edges
ja hän katkaisi hieman reunoja
"And now, which side is which?" she said to herself
"Ja nyt, kumpi puoli on kumpi?" hän sanoi itsekseen
and she nibbled a little of the right-hand bit
ja hän nauroi vähän oikeaa kättä
The next moment she felt a violent blow underneath her

chin
Seuraavassa hetkessä hän tunsi rajun iskun leukansa alla
her chin had struck her foot!
Hänen leukansa oli osunut hänen jalkaansa!
She was a good deal frightened by this very sudden change
Hän pelästyi melkoisesti tätä hyvin äkillistä muutosta
she was shrinking very rapidly
Hän kutistui hyvin nopeasti
so she quickly ate some of the other bit of mushroom
Joten hän söi nopeasti vähän muuta sieniä
Her chin was pressed very closely against her foot
Hänen leukansa painettiin hyvin tiukasti jalkaansa vasten
there was hardly room to open her mouth
Tuskin oli tilaa avata suutaan
but she did at last manage to open her mouth
Mutta viimein hän onnistui avaamaan suunsa
and she swallowed a morsel of the left-hand bit
ja hän nielaisi palan vasemmanpuoleisesta palasta
"my head's been freed at last!" said Alice
"Pääni on vihdoin vapautettu!" sanoi Liisa
she looked down at herself
Hän katsoi alas itseensä
but all she could see was an immense length of neck
mutta hän näki vain suunnattoman pitkän kaulan
her neck seemed to rise like a stalk
Hänen kaulansa näytti nousevan kuin varsi
and she looked down over a sea of green leaves
ja hän katsoi alas vihreiden lehtien merelle
"Where have my shoulders gotten to?"
"Mihin olkapääni ovat joutuneet?"
"And oh, my poor hands, how is it I can't see you?"
"Ja voi köyhät käteni, kuinka voin nähdä sinua?"
but her neck did have one benefit
Mutta hänen kaulallaan oli yksi etu
she could move her head in any direction
Hän pystyi liikuttamaan päätään mihin tahansa suuntaan
in fact, she was just like a serpent

Itse asiassa hän oli aivan kuin käärme
she gracefully zigzagged her head down
Hän siksakki sulavasti päänsä alas
and she moved her head through the trees
ja hän liikutti päätään puiden läpi
but then she heard a sharp hiss
Mutta sitten hän kuuli terävän suhinan
and she quickly pulled her head back
ja hän veti nopeasti päänsä taaksepäin
a large pigeon had flown into her face
Suuri kyyhkynen oli lentänyt hänen kasvoihinsa
and the pigeon was violently with its wings
ja kyyhkynen oli väkivaltaisesti siipiensä kanssa

"Serpent!" cried the pigeon
"Käärme!" huusi kyyhkynen
"I'm not a serpent!" said Alice indignantly
"Minä en ole käärme!" sanoi Liisa närkästyneenä
"Leave me alone!"
"Jätä minut rauhaan!"
"I've tried the roots of trees"
"Olen kokeillut puiden juuria"
"and I've tried hedges," the pigeon went on
"ja olen kokeillut pensasaitoja", kyyhkynen jatkoi
"but those serpents! There's no pleasing them!"
"Mutta ne käärmeet! Heitä ei voi miellyttää!"
Alice was more and more puzzled
Liisa oli yhä ymmällään
"As if it wasn't trouble enough hatching the eggs," said the pigeon
"Ikään kuin munien kuoriutuminen ei olisi ollut tarpeeksi vaivalloista", kyyhkynen sanoi
"by night and day I must look out for serpents too!"
"Yöllä ja päivällä minun täytyy varoa myös käärmeitä!"
"I had just found the highest tree in the forest"
"Olin juuri löytänyt metsän korkeimman puun"
"surely I'd be free from serpents here?"
"Varmasti olisin vapaa käärmeistä täällä?"
"and out comes a serpent from the sky!"
"Ja ulos tulee käärme taivaalta!"
"But I'm not a serpent, I tell you!" said Alice
"Mutta minä en ole käärme, sanon minä!" sanoi Liisa
"I'm a... I'm a... I'm a little girl," she added rather doubtfully
"Minä olen... Minä olen... Olen pieni tyttö", hän lisäsi hieman epäilevästi
she had after all been going through a lot of changes
Olihan hän käynyt läpi paljon muutoksia
"You're looking for eggs," said the pigeon
"Sinä etsit munia", kyyhkynen sanoi
"I know that for a fact"
"Tiedän sen varmasti"

"and what does it matter if you're a little girl or a serpent?"
"Ja mitä väliä sillä on, oletko pieni tyttö vai käärme?"
"It matters a good deal to me," said Alice hastily
"Sillä on minulle suuri merkitys", sanoi Liisa kiireesti
"but I'm not looking for eggs, as it happens"
"mutta en etsi munia, kuten tapahtuu"
"and I wouldn't want your eggs anyway"
"enkä haluaisi muniasi muutenkaan"
"I don't like my eggs raw"
"En pidä munistani raakana"
"Well, be off then!" said the pigeon in a sulky tone
"No, mene sitten pois!" kyyhkynen sanoi murheellisella äänellä
and the pigeon settled down again into its nest
ja kyyhkynen asettui jälleen pesäänsä
Alice crouched down among the trees as well as she could
Liisa kyyristyi puiden keskelle niin hyvin kuin pystyi
her neck kept getting entangled among the branches
Hänen kaulansa sotkeutui jatkuvasti oksien väliin
every now and then she had to stop and untwist her neck
Aina silloin tällöin hänen täytyi pysähtyä ja vääntää niskaansa
After awhile she remembered the mushroom
Hetken kuluttua hän muisti sienen
she still held the pieces of mushroom in her hands
Hän piti edelleen sienenpaloja käsissään
and she set to work very carefully
ja hän ryhtyi työskentelemään hyvin huolellisesti
first she nibbled at one piece
Ensin hän nauroi yhtä kappaletta
and then she nibbled at the other piece
ja sitten hän nauroi toista kappaletta
sometimes she grew taller
Joskus hän kasvoi pidemmäksi
and sometimes she grew shorter
ja joskus hän lyheni
but finally she achieved her usual height
Mutta lopulta hän saavutti tavanomaisen pituutensa

she hadn't been her own height for some time
Hän ei ollut ollut oma pituutensa vähään aikaan
so everything felt strange for a while
Joten kaikki tuntui oudolta jonkin aikaa
"The next thing to do is to get into that beautiful garden"
"Seuraava asia on päästä tuohon kauniiseen puutarhaan"
"how is that to be done, I wonder?"
"Miten se voidaan tehdä, ihmettelen?"
As she said this, she came upon an open place
Kun hän sanoi tämän, hän tuli avoimelle paikalle
there was a little house, a bit higher than a metre
Siellä oli pieni talo, hieman yli metrin korkuinen
"I wonder who lives in this little house"
"Ihmettelen, kuka asuu tässä pienessä talossa"
"I certainly can't go in as big as I am"
"En todellakaan voi mennä sisään niin isona kuin olen"
"I would frighten them terribly!"
"Pelästyisin heitä kauheasti!"
so she nibbled at the little mushroom again
Niinpä hän naposteli taas pientä sieniä
and soon she brought herself down thirty centimetres
ja pian hän laski itsensä alas kolmekymmentä senttimetriä

A pig and some pepper
Sika ja pippuria
For a minute or two she stood looking at the house
Minuutin tai kaksi hän seisoi katsellen taloa
suddenly a footman came running out of the woods
Yhtäkkiä jalkamies juoksi ulos metsästä
he was wearing a special livery uniform
Hänellä oli yllään erityinen väritysunivormu
judging by his face only, she would have called him a fish
Pelkästään hänen kasvoistaan päätellen hän olisi kutsunut
häntä kalaksi
and he rapped loudly at the door with his knuckles
ja hän räpytti äänekkäästi ovea rystysillään
the door was opened by another footman
Oven avasi toinen jalkamies
this footman too was wearing a special livery
Myös tällä jalkamiehellä oli yllään erityinen väritys
this footman had a round face and large eyes like a frog
Tällä jalkamiehellä oli pyöreät kasvot ja suuret silmät kuin
sammakolla

The footman that looked like a fish initiated the ceremony
Jalkamies, joka näytti kalalta, aloitti seremonian
he pulled out something from under his arm
Hän veti jotain kainalostaan
and he pulled out from under his arm an envelope
ja hän veti kainalostaan kirjekuoren
and this envelope he handed over to the other footman
ja tämän kirjekuoren hän ojensi toiselle jalkamiehelle
in a ceremonious tone he told him the orders
Seremoniallisella äänellä hän kertoi hänelle käskyt
"This message is for the Duchess"
"Tämä viesti on herttuattarelle"
"An invitation from the queen to play croquet"
"Kuningattaren kutsu pelata krokettia"
The footman that looked like a frog repeated the order
Sammakon näköinen jalkamies toisti käskyn
"from the queen"
"kuningattarelta"
"an invitation"
"kutsu"
"for the Duchess"
"Herttuattarelle"
"playing croquet"
"Pelaa krokettia"
Then they both bowed low
Sitten he molemmat kumartuivat matalaksi
and the curls in their wigs got entangled together
ja peruukkien kiharat sotkeutuivat yhteen
soon the footman that looked like a fish was gone
Pian jalkamies, joka näytti kalalta, oli poissa
but the footman that looked like a frog was still there
Mutta jalkamies, joka näytti sammakolta, oli edelleen siellä
he was sitting on the ground near the door
Hän istui maassa oven lähellä
he was staring stupidly up into the sky
Hän tuijotti typerästi taivaalle

Alice went timidly up to the door and knocked
Liisa meni arasti ovelle ja koputti
"There's no use in knocking," said the footman
"Ei ole mitään hyötyä koputtaa", sanoi jalkamies
"and that is for two reasons"
"Ja siihen on kaksi syytä"
"First, because I'm on the same side of the door as you are"
"Ensinnäkin siksi, että olen samalla puolella ovea kuin sinä"
"secondly, because they're making so much noise inside"
"Toiseksi, koska he pitävät niin paljon melua sisällä"
"no one could possibly hear you"
"Kukaan ei mitenkään kuullut sinua"
And there certainly was a most extraordinary noise going on within
Ja sisällä oli varmasti mitä erikoisin melu
a constant howling and sneezing
jatkuva ulvonta ja aivastelu
and every now and then a sound of great crashing
ja aina silloin tällöin suuren kaatumisen ääni
as if a dish or kettle had been broken to pieces
ikään kuin astia tai vedenkeitin olisi hajonnut palasiksi
"How am I to get in?" asked Alice
"Miten pääsen sisään?" kysyi Liisa
"Should you get in at all?" said the footman
"Pitäisikö sinun ylipäätään mennä sisään?" kysyi jalkamies
"That's the first question, you know"
"Se on ensimmäinen kysymys, tiedäthän"
Alice opened the door and went in
Liisa avasi oven ja meni sisään
The door led right into a large kitchen
Ovi johti suoraan suureen keittiöön
the kitchen was full of smoke from one end to the other
Keittiö oli täynnä savua päästä päähän
in the middle of the kitchen was the Duchess
keskellä keittiötä oli herttuatar
she was sitting on a three-legged stool
Hän istui kolmijalkaisella jakkaralla

and she was nursing a baby
ja hän imetti vauvaa
the cook was leaning over the fire
kokki kumartui tulen yli
he was stirring a large caldron
Hän sekoitti suurta kaldronia
and the caldron seemed to be full of soup
ja kaldron näytti olevan täynnä keittoa
**"There's certainly too much pepper in that soup!" Alice said
to herself**
"Siinä keitossa on varmasti liikaa pippuria!" Liisa sanoi
itsekseen
she said it as best she could without sneezing
Hän sanoi sen parhaansa mukaan aivastamatta
Even the Duchess sneezed occasionally
Jopa herttuatar aivasteli silloin tällöin
but the baby's actions were the most noteworthy
Mutta vauvan toimet olivat merkittävimpiä
the baby was sneezing and howling alternately
vauva aivasteli ja ulvoi vuorotellen
**there was not a moment's pause between howling and
sneezing**
ulvonnan ja aivastelun välillä ei ollut hetkeäkään taukoa
There were two creatures in the kitchen that did not sneeze
Keittiössä oli kaksi olentoa, jotka eivät aivastaneet
the cook was too busy to sneeze
kokki oli liian kiireinen aivastamaan
and the large cat did not seem to mind the pepper
ja suuri kissa ei näyttänyt välittävän pippurista
instead, the large cat was grinning from ear to ear
Sen sijaan iso kissa virnisti korvasta korvaan
"Please would you tell me," said Alice, a little timidly
"Voisitko kertoa minulle", sanoi Liisa hieman arasti
"why is your cat grinning like that?"
"Miksi kissasi virnistää tuolla tavalla?"
"It's a Cheshire-Cat," said the Duchess
"Se on Cheshire-kissa", herttuatar sanoi

"and that's why he's grinning from ear to ear"
"Ja siksi hän virnistää korvasta korvaan"
"I didn't know that a Cheshire-Cat always grinned"
"En tiennyt, että Cheshire-kissa virnisti aina"
"in fact, I didn't know that cats could grin," said Alice
"Itse asiassa en tiennyt, että kissat voivat virnistää", sanoi Alice
"there is much you don't know," said the Duchess
"On paljon sellaista, mitä et tiedä", herttuatar sanoi
"there is much you don't know and that's a fact"
"On paljon mitä et tiedä ja se on fakta"
Just then the cook took the caldron of soup off the fire
Juuri silloin kokki otti keiton kaldronin tulesta
and at once she started throwing everything within her reach
ja heti hän alkoi heittää kaiken ulottuvilleen
she threw everything she could at the Duchess and the babe
hän heitti kaikkensa herttuattarelle ja vauvalle
first she threw the fire-irons
Ensin hän heitti tuliraudat
then she threw a handful of saucepans
Sitten hän heitti kourallisen kattiloita
and finally she threw the plates and dishes
ja lopulta hän heitti lautaset ja astiat
The Duchess took no notice of her
Herttuatar ei kiinnittänyt häneen huomiota
even when she was hit by a plate she did not worry
Jopa silloin, kun lautanen osui häneen, hän ei ollut huolissaan
the baby was already howling so much
vauva ulvoi jo niin paljon
so it was impossible to say whether the blows hurt the baby
or not
Joten oli mahdotonta sanoa, satuttivatko iskut vauvaa vai
eivät
"Oh, please mind what you're doing!" cried Alice
"Voi, ole hyvä ja välitä siitä, mitä teet!" huudahti Liisa
and she jumped up and down in an agony of terror
ja hän hyppäsi ylös ja alas kauhun tuskassa
the Duchess offered Alice the baby

herttuatar tarjosi Alicelle vauvaa
"Here! You may nurse the baby a bit, if you like!"
"Täällä! Voit imettää vauvaa vähän, jos haluat!"
and she flung the baby at her as she spoke
ja hän heitti vauvan häntä kohti puhuessaan
"I must go and get ready to play croquet with the queen"
"Minun täytyy mennä ja valmistautua pelaamaan krokettia
kuningattaren kanssa"
and she hurried out of the room
ja hän kiiruhti ulos huoneesta
Alice caught the baby with some difficulty
Alice sai vauvan kiinni vaikeuksin
because it was a very odd-shaped little creature
koska se oli hyvin oudon muotoinen pieni olento
and the baby held out its arms and legs in all directions
ja vauva ojensi kätensä ja jalkansa kaikkiin suuntiin
"I better take this child away with me," thought Alice
"Minun on parasta ottaa tämä lapsi mukaani", ajatteli Liisa
"they're sure to kill this baby in a day or two"
"He varmasti tappavat tämän vauvan päivässä tai kahdessa"
"Wouldn't it be murder to leave this baby behind?"
"Eikö olisi murha jättää tämä vauva taakseen?"
She said the last words out loud
Hän sanoi viimeiset sanat ääneen
and the little thing grunted in reply
ja pieni asia murisi vastaukseksi
"you best not turn into a pig, my dear," said Alice
"Sinun on parasta olla muuttumatta siaksi, kultaseni", sanoi
Liisa
"or else I'll have nothing more to do with you"
"tai muuten minulla ei ole enää mitään tekemistä kanssasi"
Alice was just beginning to think to herself:
Liisa alkoi vasta ajatella itsekseen:
**"Now, what am I to do with this creature, when I get it
home?"**
"Mitä minun pitäisi tehdä tälle olennolle, kun saan sen kotiin?"
but then the little creature grunted a little violently

Mutta sitten pieni olento murisi hieman väkivaltaisesti
and Alice looked down into its face in some alarm
ja Liisa katsoi hätääntyneenä sen kasvoihin
This time there could be no mistake about it
Tällä kertaa siitä ei voinut erehtyä
it was neither more nor less than a pig
se ei ollut enempää eikä vähempää kuin sika
so she set the little creature down
Niinpä hän laski pienen olennon alas
and the little creature trot away quietly into the wood
ja pieni olento ravasi hiljaa metsään
Alice felt quite relieved to see the creature go
Liisa tunsi olonsa helpottuneeksi nähdessään olennon
menevän
Alice was a little startled by seeing the Cheshire-Cat
Liisa säikähti hieman nähdessään Cheshire-kissan
it was sitting on a bough of a tree a few yards off
Se istui puun oksalla muutaman metrin päässä
The cat only grinned when it saw her
Kissa vain virnisti nähdessään hänet
"Cheshire-cat," began Alice, rather timidly
»Cheshire-kissa», aloitti Liisa hieman arkaillen
**"would you please tell me which way I ought to go from
here?"**
"Voisitteko ystävällisesti kertoa minulle, mihin suuntaan
minun pitäisi mennä täältä?"
"In that direction," the cat said
"Siihen suuntaan", kissa sanoi
and it waved the right paw around
ja se heilutti oikeaa tassua ympäri
"In that direction lives a maker of hats"
"Siihen suuntaan elää hattujen tekijä"
and then the cat waved its other paw
Ja sitten kissa heilutti toista tassuaan
"and in that direction lives a march hare"
"Ja siihen suuntaan elää marssijänis"
"Visit either you like; they're both mad"

"Käy jommassakummassa haluat; he ovat molemmat vihaisia"
"But I don't want to go among mad people," Alice remarked
"Mutta en halua mennä hullujen ihmisten joukkoon", Liisa
huomautti
"Oh, you can't help that," said the Cat
"Voi, et voi sille mitään", sanoi kissa
"we're all mad here"
"Olemme kaikki vihaisia täällä"
"are you playing croquet with the queen today?"
"Pelaatko krokettia kuningattaren kanssa tänään?"
"I would like to very much," said Alice
"Haluaisin kovasti", sanoi Liisa
"but I haven't been invited yet"
"mutta minua ei ole vielä kutsuttu"
"You'll see me there," said the Cat
"Näet minut siellä", sanoi kissa
and from one moment to the next the cat vanished
ja hetkestä toiseen kissa katosi
soon Alice got in sight of the house of the march hare
pian Liisa näki marssijäniksen talon
this was a very large house
Tämä oli erittäin suuri talo
so Alice did not want to go near the house
joten Liisa ei halunnut mennä talon lähelle
**first she had to nibble some more of the left side bit of
mushroom**
Ensin hänen piti napostella lisää vasemmanpuoleista sieniä

a mad tea-party
Hullut teekutsut

In front of the house there was a tree
Talon edessä oli puu
and under the tree there was a table
ja puun alla oli pöytä
and the table was set with all sorts of cutlery
ja pöytä oli katettu kaikenlaisilla ruokailuvälineillä
the march hare and the hat maker were at the table
Maaliskuun jänis ja hatuntekijä olivat pöydässä
and together they were having tea
ja yhdessä he joivat teetä
a dormouse was sitting between them
Dormouse istui heidän välissään
and the dormouse was fast asleep
ja dormouse nukkui nopeasti
The table was of extraordinary size
Pöytä oli poikkeuksellisen kokoinen
but most of the table was unoccupied
Mutta suurin osa pöydästä oli tyhjä
they sat crowded together at one corner of the table
He istuivat tungosta yhdessä pöydän yhdessä nurkassa
and yet they made excuses when they saw Alice
ja kuitenkin he keksivät tekosyitä nähdessään Liisan
"No room! No room!" they cried out
"Ei tilaa! Ei tilaa!" he huusivat
"There's plenty of room!" said Alice indignantly
"Siellä on paljon tilaa!" sanoi Liisa närkästyneenä
at one end of the table there was a large arm-chair
Pöydän toisessa päässä oli suuri nojatuoli
and Alice sat herself in the armchair
ja Liisa istuutui nojatuoliin
the hat maker opened his eyes very wide
Hatuntekijä avasi silmänsä hyvin leveästi
he couldn't believe what he was seeing
Hän ei voinut uskoa näkemäänsä
but his mind was curious about other things

Mutta hänen mielensä oli utelias muista asioista
"Why is a raven like a writing-desk?"
"Miksi korppi on kuin kirjoituspöytä?"
Alice was open to the challenge
Alice oli avoin haasteelle
"I'm glad they've begun asking riddles"
"Olen iloinen, että he ovat alkaneet kysellä arvoituksia"
"I believe I can guess that," she added aloud
"Uskon, että voin arvata sen", hän lisäsi ääneen
The march hare grew curious about Alice
Marssijänis kiinnostui Liisasta
"Do you really think you can find the answer?"
"Luuletko todella löytäväsi vastauksen?"
"I think I can find the answer indeed," said Alice
"Luulen löytäväni vastauksen todellakin", sanoi Liisa
"Then you should say what you mean," the march hare went on
"Sitten sinun pitäisi sanoa, mitä tarkoitat", marssijänis jatkoi
"I do say what I mean," Alice hastily replied
"Sanon kyllä, mitä tarkoitan", Liisa vastasi kiireesti
"at the very least I mean what I say"
"ainakin tarkoitan mitä sanon"
"that's the same thing, you know"
"Se on sama asia, tiedäthän"
the dormouse also contributed to the conversation
Myös Dormouse osallistui keskusteluun
but the dormouse seemed to be talking in its sleep
Mutta Dormouse näytti puhuvan unissaan
"I breathe when I sleep"
"Hengitän nukkuessani"
"I sleep when I breathe!"
"Nukun, kun hengitän!"
"you might as well say they are the same too"
"Yhtä hyvin voisi sanoa, että nekin ovat samanlaisia"
"It is the same thing with you," said the hat maker
"Sama koskee sinua", sanoi hatuntekijä
and he poured a little tea on the dormouse's nose

ja hän kaatoi vähän teetä makuusalin nenään
The Dormouse shook its head impatiently
Dormouse pudisti päätään kärsimättömästi
and again the dormouse spoke, without opening its eyes
Ja taas Dormouse puhui avaamatta silmiään
"Of course, of course it is the same"
"Tietenkin se on sama"
"that's just what I was going to say myself"
"Se on juuri sitä, mitä aioin sanoa itse"

The hat maker turned to Alice and asked another question
Hatuntekijä kääntyi Liisan puoleen ja esitti toisen kysymyksen
"Have you guessed the riddle yet?"
"Oletko jo arvannut arvoituksen?"
"No, I give up," Alice conceded
"Ei, minä luovutan", Liisa myönsi
"What's the answer?" she wanted to know
"Mikä on vastaus?" hän halusi tietää
"I haven't the slightest idea," said the hat maker
"Minulla ei ole pienintäkään aavistustakaan", sanoi

hatuntekijä
"Nor do I know," said the march hare
»Enkä minä tiedä», sanoi marssijänis
Alice gave a weary sigh
Liisa huokaisi väsyneenä
"there are better uses of time than riddles without answers"
"On parempaa ajankäyttöä kuin arvoitukset ilman vastauksia"
"have some more tea," the march hare said to Alice, very earnestly
"Ota lisää teetä", marssijänis sanoi Liisalle hyvin vakavasti
Alice was quite offended by the offer
Liisa oli varsin loukkaantunut tarjouksesta
"I've had not had tea yet," Alice replied
"En ole vielä juonut teetä", Liisa vastasi
"therefore I can't have any more tea"
"siksi en voi juoda enää teetä"
"You mean you can't have less tea," said the hat maker
"Tarkoitatko, ettet voi juoda vähemmän teetä", sanoi hatuntekijä
"it's very easy to take more than nothing"
"On erittäin helppoa ottaa enemmän kuin ei mitään"
At this, Alice got up and walked off
Tässä vaiheessa Liisa nousi ylös ja käveli pois
The dormouse fell asleep instantly
Dormouse nukahti välittömästi
and neither of the others took the least notice of her going
eikä kumpikaan muista kiinnittänyt häneen pienintäkään huomiota
though she looked back once or twice
vaikka hän katsoi taaksepäin kerran tai kahdesti
they were trying to put the dormouse into the tea-pot
He yrittivät laittaa dormousen teekannuun
"At any rate, I'll never go there again!" said Alice
"Joka tapauksessa, en enää koskaan mene sinne!" sanoi Liisa
and she walked her way through the woods
ja hän käveli tiensä metsän läpi
"that was the stupidest tea-party I've ever been to"

"Ne olivat typerimmät teekutsut, joissa olen koskaan ollut"
Just as she said this, she noticed something
Juuri kun hän sanoi tämän, hän huomasi jotain
one of the trees had a door leading right into it
Yhdessä puista oli ovi, joka johti suoraan siihen
"That's very interesting!" she thought
"Se on hyvin mielenkiintoista!" hän ajatteli
"I think I may as well go through the door"
"Luulen, että voin yhtä hyvin mennä ovesta sisään"
And through the door she went
Ja oven läpi hän meni
Once more she found herself in the long hall
Vielä kerran hän löysi itsensä pitkästä salista
again she was close to the little glass table
Jälleen hän oli lähellä pientä lasipöytää
she took the little golden key
Hän otti pienen kultaisen avaimen
and she unlocked the door that led into the garden
ja hän avasi oven, joka johti puutarhaan
Then she set to work nibbling at the mushroom
Sitten hän ryhtyi töihin nauramaan sieniä
she had kept a piece of the mushroom in her pocket
Hän oli pitänyt palan sientä taskussaan
and finally she was about a metre tall
ja lopulta hän oli noin metrin pitkä
then she walked down the little corridor
Sitten hän käveli pientä käytävää pitkin
and then she finally found herself in the beautiful garden
Ja sitten hän lopulta löysi itsensä kauniista puutarhasta
and she was among the bright flower and the cool fountains
ja hän oli kirkkaan kukan ja viileiden suihkulähteiden keskellä

The queen's croquet ground
Kuningattaren krokettimaa
A large rose-tree stood near the entrance of the garden
Suuri ruusupuu seisoi lähellä puutarhan sisäänkäyntiä
the roses growing on the tree were white
Puussa kasvavat ruusut olivat valkoisia
but there were three gardeners painting the rose
Mutta ruusua maalasi kolme puutarhuria
they were busily painting the roses red
He maalasivat ruusuja ahkerasti punaisiksi
and Alice was watching them paint the roses red
ja Liisa katseli heidän maalaavan ruusut punaisiksi
and suddenly their eyes chanced to fall upon Alice
ja äkkiä heidän silmänsä sattuivat osumaan Liisaan;
Alice spoke a little timidly
Liisa puhui hieman arkaillen
"Would you tell me, please;"
"Voisitko kertoa minulle, kiitos;"
"why are you all painting those roses?"
"Miksi te kaikki maalaatte noita ruusuja?"
five and seven said nothing, but looked at two
Viisi ja seitsemän eivät sanoneet mitään, mutta katsoivat kahta
two spoke, in a low voice
Kaksi puhui matalalla äänellä
"Why, the fact is, you see, madam"
"Miksi, tosiasia on, näetkö, rouva"
"this here ought to have been a red rose-tree"
"Tämän täällä olisi pitänyt olla punainen ruusupuu"
"and we put a white rose-tree in by mistake"
"Ja me laitoimme vahingossa valkoisen ruusupuun"
"as you would agree, the queen must not find out"
"Kuten olet samaa mieltä, kuningatar ei saa saada selville"
"else we would all have our heads cut off"
"Muuten meiltä kaikilta katkaistaisiin pää"
"So you see, madam, we're doing our best"
"Joten näetkö, rouva, teemme parhaamme"
card five had been anxiously looking across the garden

Kortti viisi oli katsellut huolestuneena puutarhan poikki
At this moment card five called out, "The queen! The queen!"
Tällä hetkellä kortti viisi huusi: "Kuningatar! Kuningatar!"
and the three gardeners instantly scurried away
ja kolme puutarhuria ryntäsivät heti pois
and they threw themselves flat upon their faces
ja he heittäytyivät kasvoilleen
There was a sound of many footsteps
Kuului monien askelten ääni
Alice looked around, eager to see the queen
Liisa katseli ympärilleen innokkaana näkemään kuningattaren
At the start of the procession were ten soldiers
Kulkueen alussa oli kymmenen sotilasta
their hands and feet were in the corners
heidän kätensä ja jalkansa olivat nurkissa
and in their hands and feet were clubs
ja heidän käsissään ja jaloissaan olivat nuijat
next came the ten courtiers
Seuraavaksi tulivat kymmenen hovimiestä
the courtiers were ornamented all over with diamonds
Hovimiehet koristettiin kaikkialla timanteilla
After the courtiers came the royal children
Hovimiesten jälkeen tulivat kuninkaalliset lapset
there were ten of the royal children
Kuninkaallisia lapsia oli kymmenen
and all the royal children were ornamented with hearts
ja kaikki kuninkaalliset lapset oli koristeltu sydämillä
Next came the guests; mostly kings and queens
Seuraavaksi tulivat vieraat; enimmäkseen kuninkaita ja kuningattaria
and among the kings and queen Alice saw someone
ja kuninkaiden ja kuningattaren joukossa Alice näki jonkun
she saw again the white rabbit she had chased
Hän näki jälleen valkoisen kanin, jota hän oli jahdannut
The procession was followed the knave of hearts
Kulkuetta seurasi sydänten knave

he was carrying the king's crown
Hän kantoi kuninkaan kruunua
and the king's crown was on a crimson velvet cushion
ja kuninkaan kruunu oli karmiininpunaisella samettityynyllä
and then came the end of this grand procession
Ja sitten päättyi tämä suuri kulkue
and there at the end were the king and queen of hearts
ja siellä lopussa olivat sydänten kuningas ja kuningatar
the procession came opposite to Alice
kulkue tuli Alicea vastapäätä
and they all stopped and looked at her
ja he kaikki pysähtyivät ja katsoivat häntä
and the queen said severely, "Who is this?"
Ja kuningatar sanoi vakavasti: "Kuka tämä on?"
She said it to the Knave of Hearts
Hän sanoi sen sydänten konnalle
but he just bowed and smiled in reply
Mutta hän vain kumarsi ja hymyili vastaukseksi
Alice spoke very politely
Liisa puhui hyvin kohteliaasti
"My name is Alice, so please your majesty"
"Nimeni on Alice, joten olkaa hyvä ja majesteettinne"
but she had other thoughts to herself
mutta hänellä oli muita ajatuksia itselleen
"they're only a pack of cards, after all!"
"Nehän ovat loppujen lopuksi vain korttipaketti!"
"Can you play croquet?" shouted the queen
"Voitko pelata krokettia?" kuningatar huusi
The question was evidently meant for Alice
Kysymys oli ilmeisesti tarkoitettu Liisalle
"Yes!" said Alice loudly
"Kyllä!" sanoi Liisa kovalla äänellä
"Come play then!" roared the queen
"Tule sitten leikkimään!" kuningatar karjui
a timid voice spoke to Alice
arka ääni puhui Liisalle
"it's a very fine day!"

"Tämä on erittäin hieno päivä!"
She was walking by the white rabbit
Hän käveli valkoisen kanin ohi
and the White Rabbit was peeping anxiously into her face
ja Valkoinen Kani kurkisti huolestuneena hänen kasvoihinsa
"a very fine day indeed," confirmed Alice
"Erittäin hieno päivä", vahvisti Liisa
"Where's the duchess?"
"Missä herttuatar on?"
"Hush! Hush!" said the Rabbit
"Hiljaa! Hiljaa!" sanoi jänis
"She's under sentence of execution"
"Hän on teloitustuomion alla"
"What is she being executed for?" asked Alice
"Minkä vuoksi hänet teloitetaan?" kysyi Liisa
"She scuffed the queen's ears," the rabbit began
"Hän naarmutti kuningattaren korvia", kani aloitti
the queen shouted in a voice of thunder
kuningatar huusi ukkosen äänellä
"Get to your places!"
"Mene paikoillesi!"
and people began running about in all directions
ja ihmiset alkoivat juosta ympäriinsä kaikkiin suuntiin
and they all tumbled up against each other
ja he kaikki kaatuivat toisiaan vasten
However, they got settled down in a minute or two
He kuitenkin asettuivat asumaan minuutissa tai kahdessa
and then the game began
Ja sitten peli alkoi
Alice had never seen such a curious croquet ground
Liisa ei ollut koskaan nähnyt niin kummallista krokettimaata
the grass was all ridges and furrows
Ruoho oli pelkkiä harjanteita ja vakoja
The croquet balls were real hedgehogs
Krokettipallot olivat oikeita siilejä
and the mallets were real flamingos
ja vasarat olivat todellisia flamingoja

and the soldiers stood on their hands and feet
ja sotilaat seisoivat käsillään ja jaloillaan
because the arches was made from their bodies
koska kaaret tehtiin heidän ruumiistaan
The players all played at once
Kaikki pelaajat pelasivat kerralla
nobody waited for their turns
Kukaan ei odottanut vuoroaan
and everyone quarrelled with everyone
ja kaikki riitelivät kaikkien kanssa
and all were fighting for the hedgehogs
ja kaikki taistelivat siilien puolesta
soon the queen was in a furious passion
Pian kuningatar oli raivoissaan
and she started stamping about and shouting
ja hän alkoi tömistellä ja huutaa
"Chop off his head!"
"Leikkaa hänen päänsä irti!"
"Chop off her head!"
"Leikkaa hänen päänsä irti!"
"Chop all their heads off!"
"Leikkaa kaikki heidän päänsä irti!"
Again Alice thought to herself
Liisa ajatteli taas itsekseen
"They're dreadfully fond of beheading people here"
"He ovat hirveän ihastuneita mestaamaan ihmisiä täällä"
"the great wonder is that there's anyone left alive!"
"Suuri ihme on, että kukaan on elossa!"
She was looking about for some way of escape
Hän etsi jonkinlaista pakotietä
she noticed a curious appearance in the air
Hän huomasi uteliaan ulkonäön ilmassa
"It's the Cheshire-cat," she said to herself
"Se on Cheshire-kissa", hän sanoi itsekseen
"now I shall have somebody to talk to"
"Nyt minulla on joku, jolle puhua"
"How are you getting on?" said the cat

"Miten sinä pärjäät?" kysyi kissa
"I don't think they play at all fairly," Alice said
"Mielestäni he eivät pelaa ollenkaan reilusti", Alice sanoi
and she had a rather complaining tone
ja hänellä oli melko valittava sävy
"they all quarrel so dreadfully"
"He kaikki riitelevät niin kauheasti"
"one can't hear oneself speak"
"Ei kuule itsensä puhuvan"
"and they don't seem to play by any rules"
"Eivätkä he näytä pelaavan millään säännöillä"
the cat asked Alice a question in a low voice
kissa kysyi Liisalta kysymyksen matalalla äänellä
"How do you like the queen?"
"Mitä pidät kuningattaresta?"
"I don't like her at all," said Alice
"En pidä hänestä ollenkaan", sanoi Liisa

Alice thought she might as well go back
Liisa ajatteli, että hän voisi yhtä hyvin palata takaisin
she wanted to see how the game was going
Hän halusi nähdä, miten peli sujuu
she went off in search of her hedgehog
Hän lähti etsimään siiliään
The hedgehog was busy fighting another hedgehog
Siili oli kiireinen taistelemaan toista siiliä vastaan
this was an excellent opportunity
Tämä oli erinomainen tilaisuus
she could croquet one hedgehog with the other
Hän voisi kroketti yhden siilin toisen kanssa
but her flamingo was on the other side of the garden
Mutta hänen flamingonsa oli puutarhan toisella puolella
the flamingo was rather clumsy
Flamingo oli melko kömpelö
her flamingo was trying to fly up into a tree
Hänen flamingonsa yritti lentää puuhun
She caught the flamingo by the leg
Hän tarttui flamingoon jalasta
and she tucked the flamingo away under her arm
ja hän työnsi flamingon kainalonsa alle
that way the flamingo couldn't escape again
Näin flamingo ei voinut enää paeta
Just then Alice happened to meet the duchess
Juuri silloin Alice sattui tapaamaan herttuattaren
The duchess was now out of prison
Herttuatar oli nyt päässyt vankilasta
She tucked her arm affectionately under Alice's arm
Hän työnsi kätensä hellästi Liisan kainaloon
and then they walked off together
ja sitten he kävelivät pois yhdessä
Alice was very glad to find her in such a pleasant temper
Alice oli erittäin iloinen löytäessään hänet niin miellyttävällä
luonteella
She was a little startled, however
Hän oli kuitenkin hieman hämmästynyt

she heard the voice of the duchess close to her ear
Hän kuuli herttuattaren äänen lähellä korvaansa
"You're thinking about something, my dear"
"Ajattelet jotain, rakkaani"
"and that makes you forget to talk"
"Ja se saa sinut unohtamaan puhua"
"The game's going on rather better now," Alice said
"Peli sujuu nyt paremmin", Alice sanoi
it was one way of keeping the conversation going
Se oli yksi tapa pitää keskustelu käynnissä
"it is so indeed," said the duchess
"Niin se todellakin on", herttuatar sanoi
"and the moral of that is this:"
"Ja sen opetus on tämä:"
"It is love that does it all!"
"Rakkaus tekee kaiken!"
"Love is what makes the world go around"
"Rakkaus on se, mikä saa maailman pyörimään"
Alice had another explanation
Liisalla oli toinen selitys
"it's done by everybody minding his own business!"
"Sen tekee se, että jokainen huolehtii omista asioistaan!"
"Ah, well! You could be right"
"No niin! Saatat olla oikeassa"
"It all means much the same thing," said the Duchess
"Kaikki tarkoittaa paljolti samaa", herttuatar sanoi
and she dug her sharp little chin into Alice's shoulder
ja hän kaivoi terävän pienen leukansa Liisan olkapäähän
"and the moral of that is this"
"Ja sen opetus on tämä"
"Take care of the sense"
"Pidä huolta aistista"
"and then the sounds will take care of themselves"
"Ja sitten äänet huolehtivat itsestään"
but then the duchess's arm began to tremble
Mutta sitten herttuattaren käsivarsi alkoi vapista
Alice looked up and there stood the queen

Liisa katsahti ylös ja siinä seisoi kuningatar
the queen had her arms folded
Kuningattaren kädet olivat ristissä
and she was frowning like a thunderstorm!
ja hän kurtisti kulmiaan kuin ukkosmyrsky!
"I give you fair warning," shouted the queen
"Annan teille reilun varoituksen", kuningatar huusi
and she stomped on the ground as she spoke
ja hän kompastui maahan puhuessaan
"either your head or her head must be off"
"Joko pääsi tai hänen päänsä täytyy olla irti"
"Take your choice!"
"Tee valintasi!"
"and be quick about it"
"Ja ole nopea"
The duchess made her choice
Herttuatar teki valintansa
and within a moment the duchess was gone
ja hetken kuluttua herttuatar oli poissa
Then the queen spoke to Alice
Sitten kuningatar puhui Alicelle
"Let's go on with the game"
"Jatketaan peliä"
Alice was too frightened to say a word
Liisa oli liian peloissaan sanoakseen sanaakaan
and she slowly followed her back to the croquet-ground
ja hän seurasi häntä hitaasti takaisin krokettikentälle
the whole time the queen quarrelled with the other players
Koko ajan kuningatar riiteli muiden pelaajien kanssa
"Chop off his head!"
"Leikkaa hänen päänsä irti!"
"Chop off her head!"
"Leikkaa hänen päänsä irti!"
"Chop all their heads off!"
"Leikkaa kaikki heidän päänsä irti!"
soon all the players were in custody
Pian kaikki pelaajat olivat pidätettyinä

only the king, the queen, and Alice remained
vain kuningas, kuningatar ja Alice jäivät
Then the queen left, quite out of breath
Sitten kuningatar lähti, aivan hengästyneenä
and she walked away with Alice
ja hän käveli pois Liisan kanssa
Alice heard the king quietly say something
Liisa kuuli kuninkaan hiljaa sanovan jotain
"You are all pardoned"
"Teidät kaikki armahdetaan"
but suddenly there was another cry heard
Mutta yhtäkkiä kuului toinen huuto
"The trial is beginning!"
"Oikeudenkäynti on alkamassa!"
and Alice ran along with the others
ja Liisa juoksi muiden mukana

who stole the tarts?
Kuka varasti tortut?
The king and queen of hearts were seated
Sydänten kuningas ja kuningatar istuivat
they were on their throne when Alice arrived
he olivat valtaistuimellaan, kun Alice saapui
there was a great crowd assembled around them
Heidän ympärilleen oli kerääntynyt suuri väkijoukko
there were all sorts of little birds and beasts
Siellä oli kaikenlaisia pikkulintuja ja petoja
and there was the whole pack of cards
Ja siellä oli koko korttipaketti
the knave was standing in front of them, in chains
Konna seisoi heidän edessään, kahleissa
and there was a soldier on each side to guard him
ja kummallakin puolella oli sotilas vartioimassa häntä
near the King was the white rabbit
Kuninkaan lähellä oli valkoinen kani
he had a trumpet in one hand
Hänellä oli pasuuna toisessa kädessään
and he had a scroll of parchment in the other hand
ja hänellä oli pergamenttikäärö toisessa kädessään
In the very middle of the court was a table
Aivan kentän keskellä oli pöytä
on the table was a large dish of tarts
Pöydällä oli suuri ruokalaji torttuja
"I wish they'd get the trial done," Alice thought
"Toivon, että he saisivat oikeudenkäynnin päätökseen", Alice ajatteli
"then we could eat some of those refreshments!"
"Sitten voisimme syödä niitä virvokkeita!"

The judge, by the way, was the king
Tuomari, muuten, oli kuningas
and he wore his crown over his great wig
ja hän kantoi kruunuaan suuren peruukkinsa päällä
"That's the jury-box," thought Alice
"Se on tuomaristo", ajatteli Liisa
"and those twelve creatures, I suppose they are the jurors"
"ja nuo kaksitoista olentoa, luulen, että he ovat valamiehiä"
some were animals, and some were birds
Jotkut olivat eläimiä ja jotkut lintuja
Just then the white rabbit cried out
Juuri silloin valkoinen kani huusi
"Silence in the court!"
"Hiljaisuus tuomioistuimessa!"
"Herald, read the accusation!" said the king
"Airut, lue syytös!" sanoi kuningas
the white rabbit blew three blasts on the trumpet
Valkoinen kani puhalsi kolme räjähdystä trumpetilla
then he unrolled the parchment-scroll

Sitten hän avasi pergamenttikäärön
and he read as follows:
ja hän luki seuraavasti:
"The queen of hearts, she made some tarts,"
"Sydänten kuningatar, hän teki torttuja."
"All this she did on a summer day"
"Kaiken tämän hän teki kesäpäivänä"
"The knave of hearts, he stole those tarts"
"Sydänten konna, hän varasti ne tortut"
"And he took those tarts far away!"
"Ja hän vei ne tortut kauas!"
"Call the first witness," said the king
"Kutsu ensimmäinen todistaja", kuningas sanoi
and the white rabbit blew three blasts on the trumpet
ja valkoinen kani puhalsi kolme räjähdystä trumpetille
"bring the first witness!" he called out
"Tuo ensimmäinen todistaja!" hän huusi
The first witness was the hat maker
Ensimmäinen todistaja oli hatuntekijä
he came in with a teacup in one hand
Hän tuli sisään teekuppi toisessa kädessään
and he had a piece of bread and butter in the other hand
ja hänellä oli pala leipää ja voita toisessa kädessään
"You ought to have finished," said the King
»Teidän olisi pitänyt lopettaa», sanoi kuningas
"When did you begin?"
"Milloin aloitit?"
The hat maker looked at the march hare
Hatuntekijä katsoi marssijänistä
the march hare had followed him into the court
Maaliskuun jänis oli seurannut häntä pihaan
he had walked arm in arm with the dormouse
Hän oli kävellyt käsi kädessä DorMousen kanssa
"Fourteenth of March, I think it was," he said
"Neljästoista maaliskuuta, luulen, että se oli", hän sanoi
"Give your evidence," said the king
»Todistakaa», sanoi kuningas

"and don't be nervous, or I'll have you executed on the spot"
"äläkä ole hermostunut, tai minä teloitan sinut paikan päällä"
This did not seem to encourage the witness at all
Tämä ei näyttänyt rohkaisevan todistajaa lainkaan
he kept shifting from one foot to the other
Hän siirtyi jatkuvasti jalasta toiseen
and he looked uneasily at the queen
ja hän katsoi levottomana kuningatarta
and, in his confusion, he bit a large piece out of his teacup
ja hämmennyksessään hän puri suuren palan teekupistaan
really he meant to bite from his bread and butter
Oikeastaan hän aikoi purra leivästään ja voistaan
Just at this moment Alice felt a very curious sensation
Juuri tällä hetkellä Alice tunsi hyvin utelias tunne
she was beginning to grow larger again
Hän alkoi taas kasvaa suuremmaksi
The miserable hat maker dropped his teacup
Kurja hatuntekijä pudotti teekuppinsa
and the bread and butter fell to the ground
ja leipä ja voi putosivat maahan
and he went down on one knee
ja hän laskeutui polvilleen
"I'm a poor man, your majesty," he began
"Minä olen köyhä mies, teidän majesteettinne", hän aloitti
"You're a very poor speaker," said the king
"Sinä olet hyvin huono puhuja", kuningas sanoi
"You may go," said the king
»Saatte lähteä», sanoi kuningas
and the hat maker hurriedly left the court
ja hatuntekijä lähti kiireesti tuomioistuimesta
"Call the next witness!" said the king
"Kutsu seuraava todistaja!" kuningas sanoi
The next witness was the duchess's cook
Seuraava todistaja oli herttuattaren kokki
She carried the pepper-box in her hand
Hän kantoi pippurilaatikkoa kädessään
and the people near the door began sneezing all at once

ja oven lähellä olevat ihmiset alkoivat aivastella kerralla
"Give your evidence," said the king
»Todistakaa», sanoi kuningas
"I shall give no evidence," said the cook
»Minä en tahdo todistaa», sanoi kokki
The king looked anxiously at the white rabbit
Kuningas katsoi huolestuneena valkoista kania
and the white rabbit spoke in a quiet voice
ja valkoinen kani puhui hiljaisella äänellä
"your majesty must cross-examine this witness"
"Majesteettinne täytyy ristikuulustella tätä todistajaa"
"Well, if I must, I must," the king said
"No, jos minun täytyy, minun täytyy", kuningas sanoi
"What are tarts made of?"
"Mistä tortut on tehty?"
"tarts are made of pepper, mostly," said the cook
"Tortut valmistetaan enimmäkseen pippurista", kokki sanoi
For some minutes the whole court was in confusion
Muutaman minuutin ajan koko tuomioistuin oli sekaisin
eventually they all settled down again
Lopulta he kaikki asettuivat jälleen aloilleen
but by then the cook had disappeared
Mutta siihen mennessä kokki oli kadonnut
"Never mind!" said the king
"Älä välitä!" sanoi kuningas
"call to the stand the next witness"
"Kutsu korokkeelle seuraava todistaja"
Alice watched the white rabbit as he fumbled over the list
Liisa katseli valkoista kania, kun tämä haparoi listaa
you can imagine her surprise at what she heard next
Voit kuvitella hänen hämmästyksensä siitä, mitä hän kuuli
seuraavaksi
at the top of his shrill little voice, he called the name "Alice!"
kimeän pienen äänensä huipulla hän kutsui nimeä "Alice!"

Alice's evidence
Alicen todisteet

"Here!" cried Alice
"Tässä!" huudahti Liisa
She jumped up in a great hurry
Hän hyppäsi ylös suurella kiireellä
and she tipped over the jury-box
ja hän kaatui tuomariston laatikon yli
and she knocked over all the jurymen
ja hän kaatoi kaikki tuomarit
and they fell on to the heads of the crowd below
ja he putosivat alla olevan väkijoukon päähän
Alice was in great dismay
Liisa oli suuressa tyrmistyksessä
"Oh, I beg your pardon!" she exclaimed
"Voi, pyydän anteeksi!" hän huudahti
"The trial cannot proceed," said the king
"Oikeudenkäynti ei voi jatkua", kuningas sanoi
"the jurymen must get back in their proper places"
"Tuomariston on palattava oikeille paikoilleen"
he repeated the order with great emphasis
Hän toisti käskyn hyvin painokkaasti
and he looked at Alice sternly
ja hän katsoi Liisa ankarasti
"What do you know about these events?" the king asked Alice
"Mitä sinä tiedät näistä tapahtumista?" kuningas kysyi Liisalta.
"I know nothing on the subject," said Alice
»Minä en tiedä siitä mitään», sanoi Liisa
The king then read from his book
Sitten kuningas luki kirjastaan
"Rule forty two"
"Sääntö neljäkymmentäkaksi"
"All persons more than a mile high are to leave the court"
"Kaikkien yli mailin korkuisten henkilöiden on poistuttava kentältä"
"I'm not a mile high," said Alice

"En ole mailin korkuinen", sanoi Liisa
"Nearly two miles high," said the Queen
"Lähes kahden mailin korkuinen", kuningatar sanoi

"Well, I refuse to go," said Alice
"No, minä kieltäydyn lähtemästä", sanoi Liisa
The king turned pale
Kuningas muuttui kalpeaksi
and he shut his note-book hastily
ja hän sulki kiireesti muistikirjansa
"Consider your verdict," he said to the jury
"Harkitse tuomiotasi", hän sanoi valamiehistölle
he spoke in a low, trembling voice
Hän puhui matalalla, vapisevalla äänellä
then the white rabbit spoke
Sitten valkoinen kani puhui
"There's more evidence to come yet"
"Lisää todisteita on vielä tulossa"
and he jumped up in a great hurry
ja hän hyppäsi ylös suurella kiireellä

"This paper has just been picked up"
"Tämä paperi on juuri noudettu"
"It seems to be a letter written by the prisoner"
"Se näyttää olevan vangin kirjoittama kirje"
He unfolded the paper as he spoke
Hän avasi paperin puhuessaan
"It isn't a letter, after all"
"Sehän ei ole kirje"
"what it was was a set of verses"
"Se oli joukko jakeita"
"Please, your majesty," said the knave
»Olkaa hyvä, majesteettinne», sanoi konna
"I didn't write those verses"
"En kirjoittanut niitä jakeita"
"and they can't prove that I wrote anything"
"eivätkä he voi todistaa, että kirjoitin mitään"
"there's no name signed at the end"
"Lopussa ei ole allekirjoitettua nimeä"
the king spoke to the knave
Kuningas puhui konnalle
"You must have meant to cause some mischief"
"Sinun on täytynyt olla tarkoitus aiheuttaa pahaa"
"else you'd have signed your name like an honest man"
"muuten olisit allekirjoittanut nimesi kuin rehellinen mies"
There was a general clapping of hands
Kuului yleinen käsien taputtelu
and the king turned to the white rabbit
ja kuningas kääntyi valkoisen kanin puoleen
"Read the verses," he ordered
"Lue jakeet", hän käski
There was dead silence in the court
Oikeudessa vallitsi kuollut hiljaisuus
and the white rabbit read out the verses
ja valkoinen kani luki jakeet
They told me you had been to her
He kertoivat minulle, että olit käynyt hänen luonaan
And they mentioned me to him

Ja he mainitsivat minut hänelle
She gave me a good character
Hän antoi minulle hyvän luonteen
But she said I could not swim
Mutta hän sanoi, etten osannut uida
He sent them word I had not gone
Hän lähetti heille sanan, etten ollut mennyt
We know it to be true
Tiedämme sen olevan totta
If she should push the matter on, what would become of you?
Jos hän ajaisi asiaa eteenpäin, mitä sinusta tulisi?
I gave her one, they gave him two
Annoin hänelle yhden, he antoivat hänelle kaksi
You gave us three or more
Annoit meille kolme tai enemmän
They all returned from him to you
He kaikki palasivat häneltä luoksesi
although they were mine before
vaikka he olivat minun ennen
If I or she should chance to be
Jos minä tai hän sattuisin olemaan
If I or she were involved in this affair
Jos minä tai hän olisi sekaantunut tähän tapaukseen
He trusts to you to set them free
Hän luottaa siihen, että vapautat heidät
Exactly as we were
Juuri sellaisia kuin olimme
My notion was that you had been
Minun käsitykseni oli, että olit ollut
Before she had this fit
Ennen kuin hänellä oli tämä kohtaus
An obstacle that came between
Este, joka tuli väliin
Him, and ourselves, and it
Hän, ja me itse, ja se
Don't let him know she liked them best

Älä kerro hänelle, että hän piti niistä eniten
For this must for ever be a secret, kept from all the rest
Sillä tämän täytyy ikuisesti olla salaisuus, joka pidetään
salassa kaikelta muulta
This secret must remain a secret between yourself and me
Tämän salaisuuden täytyy pysyä salaisuutena sinun ja minun
välillä
the king was very impressed
Kuningas oli hyvin vaikuttunut
**"That's the most important piece of evidence we've heard
yet"**
"Se on tärkein todiste, jonka olemme tähän mennessä kuulleet"
**"I don't believe those verses carry an atom of meaning,"
objected Alice**
"En usko, että noissa jakeissa on merkityksen atomia", Liisa
vastusti
the King had his own opinion on the matter
kuninkaalla oli oma mielipiteensä asiasta
**"If there's no meaning in those words, that saves a world of
trouble"**
"Jos noilla sanoilla ei ole merkitystä, se säästää maailman
ongelmia."
"then we needn't try to find the meaning"
"Silloin meidän ei tarvitse yrittää löytää merkitystä"
"Let the jury consider their verdict"
"Anna valamiehistön harkita tuomiotaan"
"No, no!" said the queen
"Ei, ei!" kuningatar sanoi
"Sentencing first—verdict afterwards"
"Tuomio ensin – tuomio sen jälkeen"
"Stuff and nonsense!" said Alice loudly
"Tavaraa ja hölynpölyä!" sanoi Liisa kovaan ääneen
"how silly it is to sentence the defendant first!"
"Kuinka typerää on tuomita vastaaja ensin!"

"Hold your tongue!" said the queen, turning purple
"Pidä kielestäsi kiinni!" kuningatar sanoi muuttuen violetiksi
"I will not hold my tongue!" said Alice
"Minä en pidättele kieltäni!" sanoi Liisa
the queen shouted at the top of her voice
kuningatar huusi äänensä huipulla
"chop off her head!"
"Leikkaa hänen päänsä irti!"
Nobody made a movement
Kukaan ei tehnyt liikettä
"Who cares what you say?" said Alice
"Ketä kiinnostaa, mitä sanot?" kysyi Liisa
she had grown to her full size by this time
Hän oli kasvanut täyteen kokoonsa tähän mennessä
"You're nothing but a pack of cards!"
"Olet vain korttipaketti!"
At this, all the cards rose up in the air
Tässä vaiheessa kaikki kortit nousivat ilmaan
and all the cards came flying down upon her

ja kaikki kortit lensivät hänen päälleen
she gave a little scream
Hän huusi vähän
she was half afraid, but also angry
Hän oli puoliksi peloissaan, mutta myös vihainen
and she tried to fight the cards off of herself
ja hän yritti taistella kortit pois itsestään
and then she found herself lying on the grass bank
Ja sitten hän löysi itsensä makaamasta nurmikolla
her head was in the lap of her sister
Hänen päänsä oli sisarensa sylissä
some dead leaves had landed on her face
Jotkut kuolleet lehdet olivat laskeutuneet hänen kasvoilleen
and her sister was gently brushing the leaves away
ja hänen sisarensa harjasi lehtiä varovasti pois
"Wake up, Alice dear!" said her sister
"Herää, Liisa rakas!" sanoi hänen sisarensa
"what a long sleep you've had!"
"Kuinka kauan sinulla onkaan ollut!"
"Oh, I've had such a curious dream!" said Alice
"Voi, olen nähnyt niin omituisen unen!" sanoi Liisa
And she told her sister all she could remember
Ja hän kertoi sisarelleen kaiken, mitä hän muisti
all the strange adventures that you have just been reading about
Kaikki oudot seikkailut, joista olet juuri lukenut
Alice got up and ran off
Liisa nousi ylös ja juoksi karkuun
and she thought, while she ran, about her dream
ja juostessaan hän ajatteli untaan
"what a wonderful dream it had been!"
"Mikä ihana uni se olikaan ollut!"

www.tranzlaty.com

www.ingramcontent.com/pod-product-compliance
Lightning Source LLC
Chambersburg PA
CBHW011050190726
48290CB00011B/3092